문학이
사라진다니

더 쓰고 싶다

강병융 산문집

문학이 사라진다니 더 쓰고 싶다

이야기를 찾아 걸어간
어느 소설가의 재미있는 사색

마음의숲

작가의 말

멈춤과 반복의 연습

— 정말, 그렇게 높은 곳에서 내려올 수 있단 말이야? 정말?

나는 "정말"을 반복했다. 지도를 보며, 크르바베츠Krvavec 스키장에서 난도가 가장 높은 코스의 정상을 콕 찍어 가리키며 다시 물었다.

— 여기서 출발해서 이렇게, 이렇게 이 코스를 따라서 내려왔다고? 네가?

정상에서 코스를 타고 내려가는 내 손가락을 보며, 그녀가 대답했다.

5

— 어, 아빠!

딸의 단호한 그 말투에, 거짓은 낄 틈이 없었다. "아빠"라는 딸의 부름이 나를 살짝 쑥스럽게 만들었을 뿐이다.

나는 스키를 못 타는 아빠다. 몇 해 전, 가족들과 함께 스키장에 갔다가 호되게 웃음거리가 된 적이 있다. 스키를 처음 타는 주제에 아무런 교육도 없이 당당히 초급 코스 정도는 가볍게 정복할 수 있다고 큰소리쳤다. 그리고 초급자 중 가장 빠른 속도로, 거대한 눈사람이 될 만큼 요란스럽게 데굴데굴 굴러 내려왔다. 그것도 여러 번 같은 방식으로 '데굴데굴'을 반복했다. 끝까지 큰소리를 줄이지 않았고, 여러 차례 눈사람이 될 뻔했던 격한 활강 덕분에 그 초급 코스에서 꽤 유명한 웃음거리가 되고 말았다. 그런데, 그런 자의 딸이 진정 상급 코스에서 바람처럼 가볍게 내려온다니, 도무지 믿을 수 없었다. 분명히 비법이 있을 거라는 생각에 물었다.

— 그게 어떻게 가능하지?

6

딸은 다시 단호하게 말했다.

— 멈출 줄만 알면 가능해! 아빠는 그냥 내려올 생각만 하잖아. 멈출 줄만 알면 어느 코스라도 탈 수 있어!

맞는 말이었다. 넘어지기 전에 멈추면 된다. 구르기 전에 멈추면, 눈사람이 될 일도 없다. 그 단순한 진리를 몰랐다니. 나는 다시 도전하겠다고 공언하고 몇 주 뒤, 아내와 함께 스키장에 갔다. 가기 전, 스키를 타고 멈추는 법에 관한 세상의 모든 동영상을 섭렵해버렸다.

그런데도, 어쩌면 예상대로, 나는 같은 코스에서 거의 비슷한 수준으로 '데굴데굴'을 반복했다. 안전 요원들이 휴식을 취하는 오두막에까지 멈추지 못하고 굴러 들어가 주변의 많은 초급자에게 희망과 웃음을 선사했다. 집에 돌아와 나는 딸을 앉혀놓고 툴툴거렸다.

— 내가 비디오를 그렇게 많이 보고, 가서 그렇게 멈춰 보려고 했는데…….

7

딸은 이번에도 단호하게,

— 그런데?

나는 고개를 절레절레 흔들며,

— 그런데도, 잘 안 되더라고.

딸은 한 번 더 단호하게, 몸에 익숙해질 때까지 '반복'해야 한다고 했다. 아내는 옆에서 스키 스쿨에 등록하라고 했다. 차근차근 배우고, 반복하고 또 배워야 스키를 탈 수 있다고 했다. (나처럼) 그냥 눈밭에서 데굴데굴 구를 거면, 스키를 벗는 편이 더 나을 거라고 했다. 온전히 맞는 말이었다.

멈춤 그리고 반복.

*

나는 여전히 스키는 못 탄다.

하지만, '멈춤'과 '반복'의 교훈은 어디서든 잊지 않으려고 노력한다. 멈출 수 있는 사람은 두려워할 필요가 없다. 부족하다고 생각하는 순간, 포기하지 말고 반복하면 많은 것을 극복할 수 있다.

이 멈춤과 반복을 내 삶과 내 문학에도 새겨두려 한다. 걷다가 혹은 뛰다가 멈출 줄 아는 사람이 되고 싶다. 그냥 내뱉는 작가가 아닌, 생각을 반복해서 고민한 뒤 정리해 표현할 줄 아는 작가로 거듭나고 싶다.

이 책은 내가 멈춤과 반복의 연습을 기록한 흔적들이다. 때로는 멈추지 말아야 할 때 멈췄을지도 모른다. 가끔은 반복이 부족해 괜찮은 결말에 이르지 않았을지도 모른다. 하지만 이 역시 멈춤과 반복의 과정이라고 믿는다. 조심스럽지만, 여기서 멈춤과 반복이 만들어낸 작고 큰 이야기들을 함께 나누고 싶다. 부족한 것이 있다면 당연히 더 반복할 것이고, 멈춤의 순간을 두려워하지도 않을 것이다.

멈춤 그리고 반복의 의미를 일러준 딸과 아내, 멈춤과 반복의 긴 과정을 지켜봐 주고 기다려주신 마음의숲 권대웅 대표, 박현종 편집주간, 채수회 에디터께 고마움을 반복해서 전하고 싶다.

그리고 올겨울에는 나도 좀 스키를 잘 타고 싶다.

2022년 4월, 류블랴나에서

강병융

차례

정말 문학이 곧 세상에서 사라진다면,
나는 지금 문학을 더 즐길 것이다.
더 읽고, 더 쓰고, 더 문학에 대해 떠들 참이다.

문학이 사라진다고들 하니 더 쓰고 싶어진다 1

이런 비유는 적절하지도 않고 상상하기도 싫지만, 가령 어머니가 편찮다고 생각해보자.

*

젊은 시절, 들꽃처럼 아름답고도 강인하셨던 어머니가 어느 날부터 약해 보였다. 걱정이 되어 큰 병원에 같이 가서 어디가 문제인지 검사라도 받아보자고 말씀드렸지만, 어머니는 괜찮다며 이 나이에 아프지 않으면 그게 병이라고 하셨다. 효자 노릇이 그렇게 하고 싶으면 동네 한의원에서 보약이나 한 제 지어 달라시면서, 그거 먹으면 기력이 금세 회복될 테니 걱정하지 말라고 하셨다. 힘없이 하얀 미소를 지으시며 하는, 걱정하지 말라는 그 말씀을 들으니 더욱 걱정스러웠다.

보약은 해드릴 테니, 그래도 날을 잡아서 종합검진을 한번 받아보시는 것이 좋겠다고 다시 말씀드렸다. 어머니는 한사코 마다하셨지만, 보약을 지어드리고 집에 돌아와 종합검진을 예약했다. 어머니께 전화로 검진 날짜를 말씀드리면서 내가 함께 갈 테니 크게 염려하실 필요 없다고 일러드렸다. 어머니는 나라에서 공짜로 해주는 검사를 그 비싼 돈 주고 꼭 해야 하냐고 하셨고, 나는 꼭 해야 한다고 했다. 감사하게도 어머니는 못 이기는 척 져주셨다. 수화기 너머로 어머니가 탁상용 달력에 빨간 사인펜으로 종합검진 날짜에 동그라미를 그리시는 게 보였다.

2주 뒤, 다시 만난 어머니는 보약 덕인지 요즘은 기력이 아주 좋다며 이게 다 잘난 아들 덕이라고 하셨지만, 내 눈에 어머니는 여전히 힘이 없었다. 애써 명랑한 척하며, 왕년의 대스타였지만 이제는 작은 역할이라도 소중하게 생각하며 열심히 하겠다고 겸손하게 말하는 노배우 같았다. 어머니를 보면서 '왕년'이라는 단어를 떠올렸다는 사실 자체로 죄책감이 들었다.

큰 병원 근처 설렁탕집에 들어갔다. 어머니는 검진 전에 아무것도 드실 수 없었지만, 나라도 든든하게 먹어야 한다고 말하셨다. '특'이라는 수식어가 붙은 설렁탕을 한 그릇 먹었다. 내게 과한 양이었지만, 맛있게 먹으려 노력했고 한 그릇을 싹 비웠다. 어머니는 그저 젊을 때 잘 먹는 것이 보약이라고 하셨는데, 그 말을 듣고 이제 내겐 잘 먹는 것이 더 이상 보약이 아니겠다는 생각이 들었다.

어머니가 검진받으시는 동안 나는 도울 일이 전혀 없었다. 나보다 훨씬 더 친절한 간호사들이 어머니를 도왔다. 나의 까칠한 저음과는 비교할 수 없을 만큼 맑은 톤으로 하나하나 차근차근 설명해주는 모습을 보니, 괜히 어머니께 죄송한 마음마저 들었다.

일주일이 지난 후, 어머니의 검진 결과를 확인하기 위해 직접 병원에 가야 했다. 큰 문제 없는 경우 직접 병원에 갈 필요가 없지만, 어머니의 경우는 달랐다. 의사들은 친절하지만 냉정하게, 희망이라는 것을 품을 틈을 주지 않고, 하지만 누구의 탓도 아님을 명백하게 언급하면서, 어머니의 인생이 길게 남지 않았다고 말했다. 의사 한 명이 아닌, '의사들'이 그렇게 말했다. 의사들이 그렇다 하니 나는 믿을 수밖에 없었다.

나는 의사들의 진단을 대체로 믿었다. 하지만 그들의 말이 온전히 사실이라 할지라도 어머니에 대한 사랑이 사라질 리 없다. 줄어들 리도 없다. 오히려 더 커지게 되면 되었지.

어머니가 내일 당장 이 세상에서 영영 사라지셔도, 반대로 나보다 훨씬 더 긴긴 시간 이곳에서 삶을 누린다 할지라도 어머니에 대한 나의 사랑은 변하지 않는다. 어머니는 그저 나의 어머니인 것이다. 어머니에 대한 나의 사랑은 어머니의 존재 여부와 무관하다. 이미 어머니가 내 마음속에 완벽하게 존재하고 있기 때문이다.

만약 저명한 이들이 객관적으로 판단하여 어머니의 운명을 불행한 쪽으로 완전히 단정 짓는다 해도, 나는 그들의 의견에 맞서 싸우는 대신 어머니에게 달려갈 것이다. 최대한 어머니와 더 오랜 시간을 보낼 것이다. 한 번이라도 더 안아드리고, 한마디라도 더 건네며, 더욱더 사랑해드릴 것이다. 아니, 사랑할 것이다.

✶

이런 비유는 적절하지도 않고 상상하기도 싫지만, 내가 사랑하는 존재가 이 세상에서 사라져버린다면, 가령 사랑하는 어머니가 편찮으시다면 걱정의 시간은 바로 사치가 된다. 이유 여하 막론하고, 그 존재가 사라지기 전에 조금이라도 함께 시간을 더 보내는 것. 그것이 나의 방식이다. 이 방식은 내가 문학을 대하는 태도에도 똑같이 적용된다. 정말 문학이 곧 세상에서 사라진다면, 나는 지금 문학을 더 즐길 것이다. 더 읽고, 더 쓰고, 더 문학에 대해 떠들 참이다.

이 세상에서 문학이 사라진다고들 하니, 나는 진심으로 더 쓰고 싶어진다.

19

'산책한다'는 말은 '사색한다'는 뜻

'산책 중'이라는 말은 '사색 중'이라는 말과 동의어다.

꽤 오래전 일이다.

슬로베니아에서 살기 전, 러시아로 유학을 다녀왔다. 그리고 러시아로 떠나기 전, 한국에서 러시아어를 공부했다. 바로 그 시절의 기억이다. 거의 20년 전 기억.

가장 크고 유명한 러시아어 학원에서 가장 대표적인 러시아어 교재로 공부했었는데, 그 교재의 초급 편에 내 눈에 줄곧 걸리는 단어가 하나 있었다.

гулять[굴랴찌]

'산책하다'라는 뜻의 동사다.

간신히 키릴Cyrill 문자와 영어 알파벳을 구별할 줄 아는, 그마저도 천천히 더듬더듬 읽어야 했던 내가 '산책하다'라는 뜻을 지닌 동사를 외우고 있는 모습이 상당히 어색했다. '걷다'라는 뜻의 동사가 아닌, 분명히 '산책하다'였다. 페이지를 아무리 넘겨도, 그 동사는 사라지지 않았다. 대화에서도 계속 등장했다. 가령 이런 식이었다.

— 어제 뭐 했니?

— 산책했어.

— 지금 그 친구는 뭘 하지?

— 산책하는 중이야.

한국에서 러시아어를 공부하는 내내 나는 산책하고, 산책하고, 산책했다.

의미가 아닌 사용 빈도나 중요도로 보았을 때, 러시아의 '굴랴찌'에 대응하는 한국어는 무엇일지 고민도 많이 했다. 도대체 어떤 단어가 한국에서 이렇게 자주 쓰일까? 도대체 이 단어가 얼마나 중요하기에 초급자에게 강요하듯 가르치는 것일까? 물론, 답은 찾지 못했다.

심지어 한국어로 '산책하다'를 큰 소리로 내뱉어보기도 했다. 역시 무척 어색했다. 사전에서 산책의 뜻을 찾아보기도 했다. 휴식을 취하거나 건강을 위해서 천천히 걷는 일이라고 했다. 그때 조금이나마 알 것도 같았다. 산책이라는 단어가 어색했던 이유를.

그렇다.

내 삶에는 산책의 틈이 없었던 것.

그러니 내 언어에 산책이 있을 리가 없었다.

당시, 나는 꽤 바쁘게 살았다고 자부했지만, 돌이켜 보면 그 바쁨은 한국인들의 기준으로 봤을 때 절대 과한 것이 아니었다. 그냥 남들만큼 바쁘게 살고 있었던 것. 산책할 여유도 없고, 산책이라는 단어를 입에 올릴 시간도 없을 정도로, 딱 그만큼 한국적으로 바쁘게 살았던 것. 그 이상도 그 이하도 아니었다.

모스크바 구세주 그리스도 대성당Cathedral of Christ the Saviour은 항상 나를 멈춰 세워 경건함을 강요했다. 난 그 앞에 서서 많은 것들을 반성했고.

*

그 후, 꽤 긴 시간 러시아에서 공부했다. 모스크바에만 5년 넘게 있었으니 적지 않은 시간을 그곳에서 보낸 셈이다. 그리고 한국에서 배웠던 것처럼, 러시아어 교재에서 배웠던 것처럼 그들이 '산책'이라는 말을 많이 쓴다는 것을 몸소 느낄 수 있었다.

나 역시 산책(이라는 말)을 많이 쓰고, 또 산책(이라는 것)을 많이 했다. 햇볕이 좋은 날은 물론, 영하 20도의 날씨에도 두꺼운 외투를 걸치고 커다란 모자를 푹 눌러쓴 채 공원을 거니는 사람들을 어렵지 않게 볼 수 있었다. 그리고 그 사람들 중 한 명이 나이기도 했다. 사납게 추운 날에도 아파트 엘리베이터에서 유모차에 갓 태어난 아이를 싣고 나가는 부모들도 만날 수 있었다. 나는 그들의 산책을 전혀 걱정하지 않았다. 그렇게 나도 어느새, 추운 날의 산책을 어색하게 생각하지 않는 사람이 되어버렸다. 더 이상 '산책'이라는 단어의 사용에 의문을 품지 않으며.

눈이 소복이 덮인 하얀 공원을 보면, 나가고 싶어 몸이 들썩였다. 눈을 밟는 그 촉감과 소리도 좋았지만, 직접 밟지 않아도 눈부시게 빛나는 눈을 보며 걷는 것은 특별한 경험이었다. 추운 겨울밤에는 하얀 눈이 길을 밝혀 걷기 좋았다. 눈이 많이 온 밤은 어둠이 스며들 틈이 없었다. 러시아의 겨울이 길고 어둡다 말하는 사람은 그 겨울을 그저 잠시 스쳐 지나친 자다. 러시아의 겨울은 길지만 밝게 빛난다. 하늘은 어둡고, 땅은 밝아서 걷기 황홀하다. 두 눈만 내놓고 눈길을 걷고 있으면 눈이 금방 시려지는데, 그 차가운 촉감이 좋았다. 세상을 더 냉정하게 볼 수 있도록 눈이 정화되는 느낌.

그렇게 추운 겨울에도, 더운 여름에도, 선선한 가을에도, 싱그러운 봄에도 나는 걸었다. 산책했다. 그리고 걸음의 끝에서, 산책의 끝에서 나는 깨달았다. 걸으면서 생각한다는 것을. 걷다가 많은 것이 떠오른다는 사실을. 때로는 걷다가 멈춰 더 깊게 사색할 수 있다는 진리를. 그리하여 '산책 중'이라는 말은, 나에게 '사색 중'이라는 말과 동의어라는 사실을.

러시아에서 수많은 것을 배웠지만, 그중 하나를 꼽아야 한다면 나는 '산책'이라고 할 것이다. 그래서 지금도 산책

모스크바강의 야경을 완벽하게 사진에 담기 힘들다는 것을 안다. 그런데도, 아름다운 강은 아름다운 자신을 온전히 담아달라고 속삭인다.

한다. 걸으며 생각한다. 사색적인 산책을 즐긴다. 그렇게 걷고 멈추고 생각하다가, 또 걷고 멈추고 생각하고, 다시 걸을 것이다.

27

'문학하다'라는 이상한 말

슬로베니아 류블랴나대학교에서 한국학을 전공하는 학생들은, 2학년이 되면 본인의 의사와 상관없이 한국문학 개론을 배워야 한다. 그들 의사와는 역시 전혀 상관없이, 또 나의 의사와도 무관하게 그 과목은 항상 내가 가르친다.

새 학년이 시작되는 가을, 한국문학 개론 첫 강의에서 2학년 학생들에게 늘 같은 질문을 한다.

— 한국어에는 '문학하다'라는 이상한 표현이 있습니다. 혹시, 이게 무슨 뜻인지 아세요?

학생들은 온전히 침묵한다. 한국어를 1년밖에 배우지 않은 학생들이 '문학하다'라는 말을 알 리도 없지만, 설사

안다고 해도 첫 시간의 긴장감 때문에 정답이든, 오답이든 첫 질문에 대답하긴 쉽지 않다.

나는 이 '문학하다'라는 한국어를 영어로 'to literature' 라고 번역해버린다. 그러면 학생들은 더욱 혼란에 빠진 눈을 하고 침묵 속으로 빠져든다. 영어에서 명사 'literature(문학)'를 동사로 사용하지 않으니, 학생들은 그게 무슨 뜻인지 알 수 없다. 하지만 상당수의 영단어가 명사를 동사로 활용한다는 것을 아는 학생들은 조심스럽게 반응을 하기 시작한다. 그 대답은 매년 비슷하다.

— 혹시, 문학 작품을 읽다?

한 학생이 용기를 내서 말하면, 주변에서도 어느 정도 수긍하는 눈빛을 보낸다. 나는 틀렸다는 의미로 고개를 저으려다 멈춘다.

*

'문학하다'라는 단어를 네이버 사전에서 찾으면 다음과 같이 나온다.

1. 문학 작품을 쓰다.

2. 언어로 표현된 예술 작품의 서지, 내용 분석, 원리 따위를 연구하다.

이 정의가 맞다면 나야말로 1번과 2번을 다 하는, 진짜 '문학하는' 사람이다. 문자 그대로 문학만 해서 먹고사는 사람인 셈이다. 내가 문학하는 사람이라는 게 행복하고 심지어 자랑스럽기까지 한 것을 부인할 생각은 전혀 없지만, 사실 이런 정의가 꽤 마음에 들지 않는 것도 사실이다. 가령 문학을 너무나 사랑하지만 쓰지 않고, 연구하지 않는 사람들은 자신을 주어로 이 동사를 사용할 수 없단 말인가? 나도 할 수 있는 문학을 그런 사람들은 영영 할 수 없단 말인가? 문학하는 사람이 아님에도 나보다 훨씬 더 문학을 사랑하는 사람을 많이 봤는데. 혹여 '문학의 발전'이라는 것이 존재한다면 그들이 이 발전을 위해 더 중요할 것이고, 그럼 나보다는 그들에게 '문학하다'라는 말을 써야 마땅한 것 아닐까? 문학이 계속 이 세상에 남아 있어야 한다면, 역시 나보다는 그들에게 '문학하다'라는 동사를 쓰는 편이 옳지 않을까?

*

학생의 대답에 고개를 저으려다 멈춘 후, 나는 말했다.

— 이번 학기에는 여러분들과 문학을 할 겁니다.

'문학하다'가 무슨 의미인지도 알려주지 않은 선생은 다짜고짜 이번 학기에는 다 함께 문학을 하겠다고 한다. 그러고 나서야 '문학하다'의 원래 의미를 말해주며, 우리가 함께할 '문학하다'는 좀 다를 수 있다고 덧붙인다. 지금 여기서 우리의 '문학하다'를 새로 정의하자고 한다.

— 이 '문학하다'라는 이상한 동사를 어떻게 정의하면

좋을까요?

학생들은 조심스럽게 의견을 낸다. 문학 작품을 읽다, 문학 작품을 쓰다, 문학 작품에 관해 토론하다, 문학에 대해 생각하다, 문학 작품을 듣다……. 다양하고 재미있는 의견들이 나온다. 그 다양함은 문학에 있어 무척 옳다. 그래서 그렇게 결론짓기로 한다. '문학'을 품은, '문학'과 관련한 모든 행위를 '문학하다'로 정의해보자고. 한국문학이어도 좋고, 슬로베니아 문학이어도 좋고, 또 다른 문학이어도 좋다. 우리의 최우선 과제는 문학을 직접 해보는 것이다. 이렇게 말하고 나면, 마음이 좀 가벼워진다. 진짜 수업 시간에 학생들과 함께 문학을 해볼 수 있을 것 같은 느낌이 든다. 자신감, 행복감 같은 것이 함께 밀려든다.

이제 우리는 문학을 한다. 우리는 읽는다. 읽은 것에 관해 이야기한다. 그 이야기를 직접 써본다. 심지어 한국어로. 놀랍게도 이곳의 학생들은 한국어로 시나 시조를 쓰는 것을 좋아한다. 문법에 얽매이지 않아도 되는 까닭에 생각을 더 자유롭게 표현할 수 있는 시 쓰기를 좋아하는 학생이 꽤 있다. 글자 수에 맞춰 적확한 단어를 골라야 하는 시조를 외국어 퍼즐로 생각하며 즐기는 이도 많다. 최근 몇 년 사이 유럽의 크고 작은 글쓰기 대회에서 우리 학생들이 좋은 결실을 많이 거뒀는데, 나는 그 이유를 우리가 한 '문학'에서 찾고 있다.

*

세상 모든 사람이 마음껏 문학을 했으면 좋겠다. 그렇게 문학이 진정 모두의 것이 되려면, 이 '문학하다'라는 이상한 말부터 의미가 바뀌어야 하지 않을까? 가령 이렇게.

1. 문학과 관련된 어떤 행위를 수행하다.
2. 문학 작품을 쓰다.
3. 언어로 표현된 예술 작품의 서지, 내용 분석, 원리 따위를 연구하다.

그러면 나는 여전히 문학하는 행복한 사람으로 남아 있을 테고, 더 많은 사람이 문학을 하며 행복할 수 있을 것도 같고.

33

여행의 맛도
모르는 주제에

그저 교수라는 직업을 가졌답시고 집에서도, 밖에서도 잘난 척하곤 한다. 심지어 여행 가기 전 쓸데없는 지식들을 늘어놓는, 그런 구질구질한 잘난 척을 즐겼다. 여행의 맛도 제대로 모르는 주제에, 떠나기 전에 말이 참 많았다. 아무도 좋아하지 않는 내 잘난 척의 가장 큰 희생양은 역시 딸이다.

가족 여행으로 헝가리로 떠나기 전에도 그랬다.

— 딸아, 부다페스트에 가기 전에 응당 김춘수 정도는 알아야지.

내 말을 들은 딸은 이미 김춘수의 '무의미시'에 대한 심오한 강의라도 들은 듯, 마냥 이해할 수 없다는 표정으로 고개를 절레절레 흔들며 나를 빤히 쳐다봤다. 그럼에도 나는 굴하지 않고 괜히 더욱 쿨한 척, 아무렇지 않은 척, 잘난 척하면서 별로 중요하지도 않은 말들을 이어갔다.

— 김춘수라는 아주 유명한 시인이 있어. 평론가이기도 하지. 〈꽃〉이라는 시가 아주 유명한데, 들어본 적 있어? "우리들은 모두 무엇이 되고 싶다. 너는 나에게 나는 너에게 잊혀지지 않는 하나의 눈짓이 되고 싶다"라고 들어본 적 없어? 멋지지 않니? "잊혀지지 않는 하나의 눈짓"이라니! 캬!

캬!

나의 감탄사를 듣고, 당시 초등학생이었던 딸은 고개를 떨궜다. 한국에서 거의 학교를 다니지 않았던, 어린 시절에는 러시아에서 살았고 초등학교를 슬로베니아에서 다니는 딸이 김춘수의 시구를 알 리가 없다는 사실을 빤히 알면서도 나는 멈추지 않고 계속 지껄였다. 딸은 팔짱을 딱 끼고 도도한 표정을 유지한 채, 도무지 이해되지 않는다는 ‘하나의 눈짓’으로 나를 쏘아보았다.

— 그 김춘수 선생님의 작품 중에 〈부다페스트에서의 소녀의 죽음〉이라는 시가 있거든.

멈추고 않고 계속 말하는 아빠를 한심한 표정으로 보다가, 부다페스트라는 말을 듣고선 ‘결국 여행의 목적지를 설명하기 위해 이렇게 구구절절 떠들고 있구나.’ 하는 표정을 지으며 애써 괜찮은 척했던 딸.

*

부다페스트는 그해 여름, 우리 가족이 함께 떠나기로 한 여행지였다. 헝가리의 수도 부다페스트는 우리가 사는 슬로베니아 류블랴나에서 멀지 않다. 차로 5시간 반 정도 걸리는데, 거리는 500킬로미터가 채 되지 않는다. 류블랴나는 슬로베니아라는 나라의 수도이자, 가장 큰 도시이긴 하지만, 심지어 슬로베니아 사람들은 류블랴나를 대도시라고 부르기도 하지만, 소위 한국 사람들이 생각하는 대도시의 느낌은 전혀 나지 않는다. 그래서 우리는 류블랴나를 '류촌Lju村'이라고 부르곤 한다.

서울과 모스크바 같은 정말 큰 도시에서 살았던 우리는, 그래서 휘황찬란한 대도시가 그리웠던 우리는 몇 해 전 여름 휴가지로 부다페스트를 낙점했다. 부다페스트는 체코의 프라하와 오스트리아의 빈 사이의 중간 정도 크기로, 중유럽에서는 아주 큰 도시 중 한 곳이다. 그리고 나는 부다페스트로 가는 여행길을 준비하고 있던 중 김춘수에 대해 떠들었던 것이다.

여느 부모들처럼 자식이 여행을 통해 무언가를 배우기를, 하나라도 더 알기를 원했다. '아는 만큼 보인다'는 단순하고 명징한 진리를 신봉하는 아빠의 마음으로, 잘난 척하는 직업인 교수의 버릇으로 〈부다페스트에서의 소녀의 죽음〉에 관한 강의를 멈추지 않았다. 어쩌면 멈추지 못했던 것일 수도 있고.

딸은 상당히 노골적으로 '잊혀지지 않는' 불만의 눈짓을 보냈지만, 나는 역시 멈추지 못했다. 김춘수에서 끝내지 않고, 성 이슈트반 대성당St. Stephen's Basilica의 높이가 96미터인데, 그 이유는 헝가리가 건군한 896년의 '96'을 의미

부다페스트의 마차시 성당 Matthias Church 을 보러 갔다가 밤하늘에 감동하고 말았다. 그래서 가끔 아무 밤하늘을 올려다보며, 마차시 성당을 떠올리곤 한다.

한다는, 도무지 어디서 들었는지 출처도 기억나지 않는 아는 척도 했고, 부다Buda 지역과 페스트Pest 지역을 잇는 세체니Szecheny 다리가 세체니 가문이 영국 건축가에게 주문해 만들어졌다는, 누구나 인터넷서핑으로 단번에 알아낼 수 있는 겉핥기 지식을 뽐냈고, 심지어 헝가리어를 읽을 줄도 모르는 주제에 헝가리어에 대해 장광설을 늘어놓는 만행까지 저질렀다. 헝가리어 어순이 한국어와 같다, 다른 유럽 말들과 너무 달라서 '악마의 언어'로 불린다는 등 깊이도 없으면서, 여행에 전혀 도움이 되지 않는 무용한 외국어 수업까지 하고 말았던 것이다.

설상가상으로 딸은 들어본 적도 없을 것이 너무나 뻔한, 하지만 우리 세대에겐 너무 감동적인 영화로 유명했던 〈글루미 선데이〉의 배경이 부다페스트라는 이야기를 하면서 혼자만의 향수에 빠지기까지 했다. 나는 그렇게 딸에게 배움의 여행을 선사하겠다는 핑계로 김춘수부터 글루미 선데이까지, 얄팍하다는 말도 아까운, 강의라는 이름의 언어 폭력을 행사했다.

드디어 출발의 시간, 작은 차에 먹을거리를 잔뜩 싣고

39

부다페스트의 성 이슈트반 대성당 옆 스타벅스에 폐점 직전에 갔다가 친절한 직원을 만난 적이 있다. 역시 건물보다는 사람이 기억에 남나 보다.

시동을 걸었다. 슬로베니아의 고속도로를 달리는 와중에도, 나는 운전대를 잡은 채 얄팍한 강의 폭력을 멈추지 않았다.

슬로베니아-헝가리 국경을 지나 '헝가리의 바다'라고 불리는 벌라톤Balaton 호수에서 우리는 잠시 멈췄다. 수평선이 보이는 끝없이 넓은 호수의 구석에 위치한 아름다운 카페에 앉았을 때 비로소, 호수의 바람을 온몸으로 느꼈을 때 비로소, 딸이 아이스크림을 먹으며 환히 웃는 모습을 보았을 때 비로소, 나는 무언가를 깨달았다.

— 앗! 우리는 지금 여행 중이지!

그렇다. 우리는 여행 중이었다. 일상을 벗어나 비非일상으로 향하는 길이었다. 그 비일상으로 가는 길에서 나는 가장 일상적인 방법으로 딸을 괴롭히고 있었던 것이다.

그 후로 나는 아무런 설명도 하지 않았다. 아내는 갑자기 조용해진 나를 이상하게 생각하기도 했지만, 나는 이번 여행에서 철저히 김춘수를, 이슈트반을, 세체니를, 글루미 선데이를 제거해야겠다고 생각했다.

대신 차 안에 우리가 좋아하는 가요를 틀어놓고 딸과 함께 크게 따라 불렀고, 부다페스트에 도착해 킥보드를 타고 골목골목을 누비다 헝가리 음식과는 거리가 먼 달콤한 미국식 도넛을 사 먹었고, 하루는 관광 대신 호텔 수영장에서 수영만 하면서 보냈고, 고상한 가이드 투어 대신 도나우강 위에서 수상버스를 타며 맛집 타령을 했고, 국립박물관 대신 미니어처 박물관Miniversum에 가서 장난감 구경을 실컷 했고, 헝가리의 거장들이 잠들어 있는 케레페시Kerepesi 공동묘지에 가지 않고, 대신 그 앞에 있는 쇼핑몰에서 스타벅스 커피를 마신 뒤 톰 크루즈가 주인공으로 등장해 불가능한 임무를 완수하는 내용의 할리우드 영화를 재미있게 봤다.

세체니 온천에서는 온천 대신 파도 풀만 실컷 즐겼다. 그리고 마지막 날에는 규모는 작지만 정갈하고 맛있는 음식으로 유명한 블로거들의 추천 맛집 중 하나인 시내의 헝가리 식당이 아닌, 숙소에서 가장 가까운 베트남 식당에 가서 베트남 퍼phó를 아주 많이, 아주 맛있게 먹었다. 그 감칠맛이 김춘수의 시보다 아직까지 더 가슴 깊이 남아 있다. 그리고 비로소 제대로 깨달았다.

여행은 우리가 직접 느끼기 전에는
다만 하나의 관념에 지나지 않는다.

그 후로, 단언컨대 단 한 번도 딸과의 여행에서 정보나 지식을 강요하지 않았다. 좋은 추억만 담아주기에도 우리의 시간은 턱없이 부족하다는 것을 깨달았기 때문이다. 배움은 책이나 강의로도 충분하다. 여행에서 우리가 얻어야 할 것은 아름다운 추억뿐, 그 이상도 그 이하도 아니다. 그동안 여행의 맛도 모르면서 떠들었던 시간들이 부끄러웠지만, 앞으로 함께 떠날 여행들이 더 많이 남았기에 다행스럽기도 하다.

43

있는 것 빼고 아무것도 없는 동네

슬로베니아가 좋다고 여행 온 한국 사람들과 걸을 기회가 종종 있다. A도 그런 사람 중 하나였다. 한적하고 편안한 마음으로 공원을 산책하던 중, 그가 이것저것 물었다. 처음 몇 가지 질문에는 비교적 잘 응수했는데, 질문이 많아지면서 나는 길을 잃고 말았다. 그는 멈춤 없이 계속 물었고, 나는 연신 버벅거렸다.

— 슬로베니아에서 뭘 사고 싶은데, 뭐가 좋을까요?

나는 당황했다. 곱씹을수록 이상한 질문이었다. 본인이 사고 싶은 것을 왜 나한테 묻는 것일까? 사고 싶은 것을 본인도 모르는데, 내가 어떻게 알지? 그래서 대답을 못 하고 있었는데, 바로 다음 질문이 들어왔다.

— 류블랴나에도 꽤 큰 쇼핑 단지가 있다고 들은 적이 있는데, 시내에서 먼가요?

쇼핑 단지가 있긴 하다. 심지어 유럽에서도 손에 꼽히는 큰 규모다. 쇼핑 단지가 시내에서 3킬로미터 정도 떨어진 거리에 있다고 대답하려는데, 뭐라고 말하기도 전에 다음 질문을 받았다.

— 내일 오후에 거기 가서 명품을 좀 살까 하는데, 괜찮겠죠?

그 쇼핑 단지에서 명품을 파는 매장을 본 기억이 없다. 명품을 파는 곳이 류블랴나에 있다는 말도 들어본 적 없다. 사실 한국 사람들이 말하는 '명품'이 뭔지도 정확히 모르겠다. 대답을 머뭇거리다가 결국, 어차피 내일은 일요일이라 단지 전체가 영업을 하지 않는다는 말을 하지 못했다. 그의 질문은 멈출 줄 몰랐다.

류블랴나 티볼리 공원Tivoli Gardens 근처에서 5년간 살았다. 아름다운 것 중에도 분명히 매일 보면 지겨워지는 것들이 있는데, 이 공원은 반대의 경우다.

— 쇼핑하고 오면 늦을 것 같은데, 유럽의 식당들은 일찍 문을 닫죠? 밤에 출출하면 어떡해요?

상점이나 식당이 문을 닫기 전 적당히 이른 시간에, 그러니까 저녁 7시나 8시 정도에 식사를 하고 조금 일찍 자거나 가벼운 간식거리를 미리 사두면 큰 문제가 없을 것이라고 대답하기도 전에 바로 다음 질문이 이어졌다.

— 류블랴나는 수도이고, 관광객들도 많은 편이니까 시내에 늦게까지 하는 편의점이 한두 개 정도는 있겠죠?

슬로베니아에는 '편의점'이라는 단어조차 존재하지 않지만 시내에 늦게까지 하는 슈퍼마켓들이 있긴 하다고 대답하려다가, 그래봐야 저녁 9시까지밖에 영업을 하지 않으며 일요일에는 보통 오후 3시면 문을 닫는다고 말하려니 이상하게 미안한 마음이 들어 우물쭈물하고 말았다. 주유소에서 먹을 것을 살 수 있지만, 비싸기도 하고 그곳도 밤늦게까지 하는 건 아니라고 말하려던 참이었다.

— 참, 공항은 어때요? 출국 전에 면세점에서 쇼핑이라도 좀 하려면 더 일찍 나가야 하지 않을까요?

이번에도 질문을 듣고 우물쭈물했다. 류블랴나 국제공항은 작아서 수속이 복잡하지 않고, 따라서 긴 시간이 필요하지 않지만, 면세점은 동네 마트보다 작다는 말을 차마 하지 못했는데, 바로 다음 질문이 이어졌다. 또다시 아무 말도 못 하고 말았다. 답변을 포기한 학생처럼 머리가 하얘지는 느낌이 들면서.

— 여행하다 보니 액션캠이 있으면 좋을 것 같아 면세로 하나 살까 하는데.

면세점에 그런 전자제품을 살 수 있는 코너 자체가 있는지 생각이 잘 나지 않았다. 있다고 해도 아주 작은 규모일 테니, 환승 공항 면세점을 이용해야 한다는 말을 할 기회 역시 놓치고 말았다.

— 류블랴나 성城도 올라갔다 왔고, 티볼리 공원에서 산

사람이 많지 않은 큰 공원을 산책하는 기분은 텅 빈 영화관에서 대작 영화를 보는 것과 같이 특별하다. 티볼리 공원은 그런 감흥을 자주 준다.

책도 했고, 미술관이나 박물관에는 영 관심이 없는데, 주말에 시내에서 볼 만한 게 없을까요?

이번에는 타이밍에 맞게 대답할 수 있었다.

주말 오전에 류블랴나강 근처에서 벼룩시장이 열린다고 했다. 시내에 있는 오픈마켓에 가보는 것도 재미있지만, 시내 한복판에서 만나는 재래시장이 뭔가 신선하고 색다르지 않냐고 심지어 반문까지 했다. 과일도 아주 싱싱하고 맛있는데 (조금 비싸긴 하지만) 한국보다는 훨씬 싸다고 했다. 심지어 싱싱한 유제품도 맛볼 수 있다고 했다. 생선도 있고, 가끔은 여러 나라의 전통 음식을 팔기도 한다고. 나의 깜냥 안에서 최선을 다해 답했지만, 그의 표정은 그리 밝아 보이지 않았다.

*

그때를 생각하면 그에게 좀 미안하다. 나는 순발력이 좀 부족하고 눈치도 없는 편이다.

곰곰이 생각해보니, 내가 살고 있는 슬로베니아에는 없

류블랴나 성에 올라가 도시를 바라보며 하는 생각은 늘 비슷하다. 내 눈앞에 절대 고층 빌딩 따위는 펼쳐지지 않았으면.

는 것이 정말 많다. 명품은, 아니 대부분 상품은 일요일 오후에 살 수 없고, 솔직히 평일 오후에도 명품을 살 만한 곳이 많진 않은 것 같다. 출출할 때 편의점에 당연히 갈 수도 없다. 배가 고프면 집에 가서 집밥을 먹는 것이 최선이고, 한국 식당도 거의 없다. 그러고 보니 그 흔한 스타벅스도 없다. 물론 코스타 커피Costa Coffee도 없다.

출국 전 면세점에 들러 명품이나 전자제품을 살 수도 없다. 질 좋은 꿀이나 프로폴리스, 소금 정도는 살 만하지만, 이 역시 시내의 어느 약국에서나 저렴하게 살 수 있는 것들이다. 대신 시내 한복판의 재래시장에 가면 명품 과일과 싱싱한 생선, 슬로베니아 사람들만의 따뜻함, 친밀함 뭐 그런 것들을 느낄 수 있다.

명품도 없고, 일요일 저녁에 문을 여는 마트도 없고, 밤에 문을 여는 편의점도 없고, 프랜차이즈 커피숍도 없고, 화려한 면세점도 없다. 그러고 보니 정말 없는 것이 많기도 하다. 있는 것 빼고 아무것도 없는 동네에 살고 있다. 그런 까닭에 명품이 주는 위화감도, 일요일 밤 고된 노동을 하는 파트타이머도, 출국 전 벌어지는 쇼핑 전쟁도 함께 없다. 이것도 부족이라고 말해야 하는지는 모르겠지만.

슬로베니아에는 정말 없는 것 투성이다. 가진 것이라고 해봐야 깨끗한 공기, 저녁이 있는 삶 정도?

다분히 주관적인 공동묘지 산책 예찬론

다소 이상하게 들릴지도 모르지만, 나는 '공동묘지 산책 예찬론'을 여기저기 떠벌리고 다니는 편이다. 누군가 어떤 도시에 가볼 만한 곳이 어디냐고 물으면, 별로 망설이지 않고 아는 공동묘지 이름을 대며, 그곳에서의 산책을 권한다. 1995년부터 그랬으니, 공동묘지 산책 예찬론자가 된 지 20년이 훌쩍 넘어버렸다. 20세기와 21세기를 거쳐 나의 공동묘지 산책 예찬론은 이어지고 있다. 공동묘지에 관한 크고 작은 추억들을 돌이켜 보면, 마음이 따뜻해진다.

아무리 생각해도 공동묘지보다 걷기 좋은 곳은 없다.

*

1995년, 생애 첫 배낭여행으로 유럽에 갔다. 파리에 도착했을 때, 세계에서 가장 유명한 공동묘지 중 하나인 페르 라셰즈Père-Lachaise에 갔다. 그야말로 감동적이었다. 거기에 묻혀 있는 짐 모리슨을 만나러 가는 여정과 묘지에서의 산책에 관한 이야기를 생애 첫 단편소설에 담았다. 그 소설은 문우들 사이에서 혹평을 면치 못했고 당시 선생님들은 소설이 아니라고 하셨지만, 나는 내 소설 속 공동묘지가 마음에 들었다. 다행스럽게도 그 작품을 어디에 발표하진 않았다. 아니, 발표할 수 없었다.

러시아 유학 시절, 문학에 대한 애정이 식을 때마다 찾았던 곳 역시 다름 아닌 공동묘지였다. 힘들 때마다 모스크바 노보데비치Новодевичье 공동묘지에 가서 그곳에 잠들어 있는 고골, 불가코프, 체호프와 같은 거장들에게 문학의 길을 묻곤 했다. 물론 아무런 답도 듣지 못했지만, 그래도 좋았다.

상트페테르부르크의 보고슬로브스코예Богословское 공동묘지 역시 항상 내 마음속에 빛으로 남아 있다. 그곳엔 러시아의 전설적인 로커 빅토르 최의 무덤이 있다. 그 무덤에서 받은 영감으로 장편소설을 썼다. 그 소설은 2012년 출간되고 쇄를 거듭할 정도로 많이 팔렸으며, 개정판도 나왔다. 2019년에는 러시아어로 번역되어 러시아 독자들을 만났다. 심지어 포르투갈어로 번역된 후 브라질에 출간되기도 했다.

아르헨티나의 수도 부에노스아이레스에 갔을 때 걸었던 레콜레타Recoleta 공동묘지는 내가 가장 사랑하는 작가인 보르헤스의 단골 카페 토르토니Tortoni 만큼, 아니 그보다 더 인상적이었다. 레콜레타에 갔던 날, 묘지에 차분히 내려앉았던 따스하고 밝은 볕은 남미의 낯선 도시를 단박에 고향처럼 편하게 만들어줬다.

고향인 서울에서도 공동묘지를 사랑했다. 대한민국 대표 공동묘지인 현충원까지 이어지는 흑석동 산책 길을 참 좋아한다. 도심에서 흔히 볼 수 없는 좁은 계단 길도 운치 있고, 간혹 보이는 녹슨 철문들이 보여주는 무심한 세월도 정겨워서 좋다. 한강과 남산이 보이는 곳에서 현충원으로 향하는 이정표를 보며 걸으면, 이승에서 저승으로 가는 묘

좋아하는 친구와 부에노스아이레스를 함께 여행했는데, 레콜레타 공동묘지는 함께 보지 못했다. 나는 아직도 그게 아쉽다.

한 기분이 들기도 한다.

그 길에서 자연스럽게 생과 사를 생각하게 된다. 그 길을 걸으며 '이'와 '저'를 생각하게 된다. 평소에 생각하지 않던 것들을 떠오르게 하는 길을 사랑한다. 길의 끝에서 현충원 안으로 들어가면 마음은 숙연해진다. 내 안에 차분한 기운이 피어나는 것이 느껴진다. 나는 그 특별한 기운을 '죽음의 차분함'이라고 부른다. 죽음 앞에서 우리 모두는 숙연해지고 깊어지고 차분해지니까.

공동묘지에는 잘 정돈된 아름다움이 있어서 좋다. 그 안에는 나무와 같은 자연과, 조형물과 같은 인공이 함께 어우러져 있어서 좋다. 대부분의 경우, 사람들이 붐비지 않아 걷기에 더할 나위 없이 좋고, 가끔 위대하고 유명한 사람들도 만날 수 있어 좋다. 죽음에 대해 생각해볼 수 있어 좋으며, 자연스럽게 삶에 대해서도 고민해볼 수 있어 좋다. 무엇보다 공동묘지라는 하나의 공간에 삶과 죽음이 함께 있어 좋다. 죽어서도 홀로이지 않고, 함께 있을 수 있다는 사실도 마음에 든다.

돌이켜 보니, 공동묘지를 산책하며 얻은 게 많기도 하

마크 어빙은 류블랴나의 공동묘지 잘레Zale를 죽기 전 꼭 봐야 할 건축물 1,001개 중 하나로 뽑았다고 한다. 내게 잘레는 죽은 뒤 꼭 머물고 싶은 곳이기도 하다.

다. 단편소설, 장편소설의 영감을 얻었고, 불투명한 문학의 길, 유학의 길에 대한 확신도 얻었고, 흔치 않은 대도시에서 편안함도 얻었다. 그러니 나는 공동묘지 산책 예찬론자가 될 수밖에 없었던 것이다.

*

지금 살고 있는 류블랴나에도 잘레라는 유명한 공동묘지가 있다. 영국의 저명한 건축 칼럼니스트인 마크 어빙이 이 공동묘지를 '죽기 전에 꼭 봐야 할 세계 건축 1,001' 중 하나로 꼽기도 했으니, 과하게 아름다운 공동묘지 중 하나라고 할 수 있다.

특히 입구가 화려한 이 공동묘지 근처에는 어린이 놀이터도 있고, 보기만 해도 눈의 피로가 사라지는 것 같은 푸른 들판이 펼쳐진 공원도 있다. 그리고 묘지에서 멀지 않은 곳에 다국적 기업의 대형마트가 몇 개나 있다. 류블랴나에서 제일 큰 쇼핑몰도 근처에 있다. 그런 까닭에 대형마트에 장을 보러 갈 때마다 그 앞을 지나게 된다.

공동묘지가 있는 동네를 자주 지나다니면서 보이지 않

던 것들이 자연스럽게 보이기 시작했다. 첫 번째로 눈에 들어온 것은 동네가 생각보다 오래되었다는 사실이다. 낮은 층의 오래된 주택들이 이미 옹기종기 모여 자리를 잡고 동네를 형성하고 있었던 것이다. 두 번째로 발코니에서 공동묘지가 잘 보일 만한 위치에, 지은 지 얼마 되지 않은 아파트 단지가 있다는 사실을 깨달았다. 류블랴나에서는 흔히 볼 수 없는, 규모가 꽤 큰 아파트 단지가 공동묘지 바로 앞에 있다. 세 번째로 알게 된 것은 공동묘지가 있는 동네에 새로운 아파트를 추가로 건설하고 있다는 사실이다. 이 역시 류블랴나에서 쉽게 보기 힘든 대규모 건설 현장이다.

이쨌든 그 동네 사람들은 오래전부더 죽음과 디불이 살아왔고, 지금도 공존하고 있으며, 앞으로도 계속 함께 살 것이다. 그런 생각을 하니 여기 사람들이 한국 사람들과는 좀 다르다는 생각도 든다. 그리고 생각 끝에 스스로에게 이런 질문을 던져본다.

— 공동묘지를 산책하는 것도 좋은데, 아예 공동묘지가 있는 동네에서 살아보는 건 어떨까?

대형마트로 장을 보러 가던 어느 주말 오후, 아무렇지도 않게 아내와 딸에게 살짝 물었다.

— 나중에 공동묘지가 있는 이 동네로 이사 올까? 여기 좋지 않아? 공원도 있고, 마트도 가깝고.

아내와 딸은 공동묘지쯤이 뭐 대수냐는 표정을 지으며 그러자고 했다. 심지어 꽤 좋아하는 눈치였다. 문득 삶과 죽음을 분리해서 생각하지 않는, '이'와 '저'가 더불어 살 수 있다고 생각하는 사람들과 함께 산다는 것이 다행스러웠다. 그리고 이런 사람들과 함께 죽음과 가까운 곳에서 살아보는 것이 나쁘지 않겠다는 결론에 이르렀다.

그날 저녁 장을 보고 집에 와서 그 동네 아파트 시세를 알아보니 실로 만만치 않았다. 그러니 더욱 욕심이 생겼다. 정말 공동묘지 근처에서 살면, 그냥 산책만 했을 때보다 더 많은 영감을 얻을 것 같다는 착각이 들면서, 멋진 작품이 마구 써질 것 같은 게 아닌가. 예전에 단편소설과 장편소설의 영감을 얻었던 것과 같이.

*

나는 요즘도 공동묘지가 잘 보이는 아파트 발코니에 서 있는 상상을 하곤 한다. 나중에 (나중이 언제가 될지는 모르겠지만) 정말 거기서 살게 되면 '공동묘지 산책 예찬론자'가 아닌, '공동묘지 (인근) 거주 예찬론자'가 될 것이 확실하다고 생각하면서.

걷다가 가족 생각

공원을 걷다 보면, 만나는 사람들이 많다. 하지만 사람만 만나는 것은 아니다. 사람보다 더 아름다운 생명체를 만나는 경우도 많다. 특히, 지금 살고 있는 동네에서는 더욱 그렇다. 내 눈에 사람보다 아름다운 생명체는 딸의 눈에도 그럴 것이라는 생각이다.

*

몇 년 전 일이다.

당시 초등학생이었던 딸이 산책 길에서 아름다운 생명체를 만난 모양이었다. 집에 들어오자마자, 딸은 나에게 총총총 달려오더니 비숑 프리제Bichon Frise처럼 귀여운 표정을

프레레Prule 다리에 서서 류블랴나강을 보는 것을 좋아한다. 혹시 이 다리를 아는 한국인이 있다면, 함께 커피 한잔 마시고 싶다.

지으며, 눈을 깜박거렸다. 뭔가 할 말이 있는 것이 분명했다. 난 다소 무심한 표정으로 살짝 퍼그Pug스럽게, 조금 과하게 피곤한 인간의 얼굴을 하고 딸의 용건을 기다렸다.

딸은 길에서 '너무너무너무' 예쁜 강아지를 보고 왔다며, 애완견을 기르고 싶다고 호들갑을 떨었다. '너무'라는 말을 세 번이나 한 것으로 볼 때 딸의 진정성을 의심할 여지가 없었지만, 나는 시바 이누Shiba Inu와 같은 눈을 뜨고 나름 매섭게 말했다.

— 아빠 개털 알레르기 있는 거 모르니?

착한 딸은 '알레르기'라는 그 한마디에 꼬리를 내리고 방으로 쏙 들어갔다. 축 처진 어깨를 하고 선하게 돌아서는, 힘이 쭉 빠진 딸의 뒷모습을 보니 바셋 하운드Basset Hound가 절로 떠올랐다. 애처롭지만 귀엽다고나 할까? 귀여운데 애처롭다는 것이 맞을까? 그래도 내 입장에서는 어쩔 수 없는 일이었다. 내겐 알레르기가 있으니.

며칠 뒤, 시츄Shih Tzu같이 착한 아내가 어깨가 완전히 펴

지지 않은 딸과 애완견에 대해 이야기를 나누는 것을 보았다. 딸은 초롱초롱한 치와와Chihuahua의 눈으로 아내의 말을 경청했다. 검고 초롱초롱한 딸의 눈이 곧 쏟아져 내릴 것 같았다. 나는 무심한 척했지만, 두 귀 모두 그들 쪽을 향해 크게 열어놓고 있었다.

두 사람의 대화는 대략 이런 것이었다. 우선 '애완견'이라는 표현을 '반려견' 혹은 '가족'으로 바꾸고, '기르다'를 '함께 살다'로 고치자고 했다. 곧이어 두 사람은 우리가 사는 나라, 그러니까 슬로베니아에서 가족 구성원을 늘리는 방안에 대해 구체적이고 현실적으로 알아보기 시작했다. 둘은 머리를 맞대고 앉아 영어와 슬로베니아어로 인터넷을 뒤지고, 이미 반려견과 함께 지내고 있는 친구들에게 전화도 했다.

그리고 몇 가지 흥미로운 사실을 발견했다. 슬로베니아에서는 유리창 너머에서 귀여운 표정을 지으며 같이 살 인간을 기다리는 개와 고양이를 볼 수 없다. 한마디로 '펫 숍'이 없다. 그러고 보니 백화점에서도, 마트에서도, 거리에서도 동물을 파는 걸 본 적 없었다. 슬로베니아에서 개나 고양이를 쇼윈도에 가두는 것 자체가 불법이기 때문이다.

개, 고양이, 사람 모두 절대 진열되어서는 안 되는 것, 어찌 보면 너무 당연한 법이다.

그런 까닭에 동물과 함께 살기 위해서는 시립 혹은 민간 보호소를 통해 입양해야 한다. 물론 그 과정 또한 만만치 않다. 주로 NGO에서 민간 보호소를 운영하는데 가족이 될 자격이 있는지 아주 세심하게 살피고, 담당자가 직접 반려동물이 살게 될 곳을 확인한 뒤 적합 여부를 판단한다고 딸이 말했다.

딸의 이야기를 들으면서, 기억하기 싫은 내 어린 시절의 몇몇 장면들이 떠올랐다. 그 시절 어떤 자들은 개와 함께 살 곳이 아닌, 개를 죽일 곳을 찾아다니곤 했다. 악마와 같던 그들의 붉은 눈동자를 여전히 기억하고 있다. 그리고 삶을 원했던 개들의 선량한 눈동자도 여전히 기억하고 있다.

유럽에는 개에게도 여권이 있는데, 이는 선택이 아닌 필수라고 한다. 인간들의 여권처럼 개에게도 여권은 이 땅에서 살며, 여행을 하려면 꼭 필요한 서류다. 개를 위한 호텔이 있으니 개도 여행을 한다는 뜻이고, 그러니 개에게 여권이 필요한 건 당연한 일이다.

여권에는 다음과 같은 내용이 기재되어 있다. 먼저 함께 사는 인간의 이름과 주소, 그러니까 가족관계와 거주지가 있다. 그리고 반려견의 생김새 묘사가 적혀 있는데, 털의 색은 물론이고 신원확인을 할 수 있는 마이크로 칩이 있는지, 타투가 있는지도 기재된다고 한다. 광견병 예방접종일을 비롯한 기타 예방접종 내역은 물론이고, 심지어 백신 주사의 제조사까지 기록해야 한다. 그 밖에도 혈청학 치료, 진드기 치료, 에키노코쿠스Echinococcus 촌충 치료 내역 등이 필수라고 하니, 반려견에 큰 관심이 없고 개털 알레르기까지 있는 나 같은 인간에게는 너무 복잡하고 낯선 세계인 셈이다.

딸과 아내가 한 나름의 조사 결과를 들은 나는 슬로베니아의 개가 어릴 적 한국에서 봤던 개와는 다른 행성에 살고 있다는 느낌마저 들었다. 함께 살던 반려견이 새끼를 낳으면 공고를 통해 새 가족이 될 사람을 모집하고, 직접 만나 입양 여부를 결정한다. 아주 가끔 돈을 주고받는 경우가 있긴 하지만, 가격이 입양 여부의 결정적인 요인이 되진 않는다. 갓 태어난 강아지는 바로 입양할 수 없고, 의무적으로 일정 기간 동안 어미 개 곁에 있어야 한다. 사실

아기가 엄마와 함께 있는 것은 너무 자연스럽고 당연한 일인데, 이전에는 그런 생각을 해본 적이 없었다.

두 사람의 이런저런 이야기들을 들으면서 나는 새로운 생명체와 함께 사는 것이 멀고 어렵게 느껴졌다. 자신이 없었다. 당시 딸과 아내 그리고 내가 깨달은 것은 우리가 살고 있는 슬로베니아에 '애완동물'이 없다는 사실이었다. 그것은 마치 '애완인'이 존재할 수 없는 이치와 같다. 동물이나 물품 따위를 사랑하여 가까이 두고 귀여워하거나 즐기는 것이 '애완'인데, 그건 당연히 옳지 않은, 아니 불가능한 것이다. 생명체끼리의 관계는 짝이 되고 동무가 되는 '반려'가 옳다. 그것이 인간이 동물과 함께 사는 제대로 된 방식임이 자명하다. 다른 생명체와의 삶에 대해 진지하게 생각해본 적이 없는 우리에게 이 대화는 생각해볼 거리를 많이 던져준 특별한 경험이었다.

그 후로도 한참을 더 연구하고, 궁리한 딸은 가족 늘리기가 만만치 않다는 현실을 받아들이는 것 같았다. 그 무렵 딸에게 물었다. 여전히 딸이 비숑 프리제처럼 천진하게 반응할지 궁금해서였다. 나는 다시 시바 이누의 눈을 하고

날씨가 좋은 날이면, 티볼리 공원에서 책 읽는 사람들을 흔히 볼 수 있다. 책 읽는 동상도 볼 수 있고.

그윽하게 바라보며, 다소 조심스럽게 입을 열었다.

— 아직도 개와 함께 살고 싶은 생각이 있니?

딸은 한마디 대꾸도 없이 자기 방으로 들어갔다. 아무런 대답은 하지 않았지만, 뒷모습이 진돗개처럼 기품 있고 당당해 보였다. 나는 딸의 등에서 깊은 고민을 보았다. 함께 살고 싶지만, 현실이 그렇지 않다는 것을 깨닫고 낙담한 것이었다. 그리고 며칠 뒤, 나는 시츄같이 착한 표정으로 딸에게 솔직한 속내를 전했다.

— 아빠는 아직 용기가 없어. 언어가 통하는 사람들과도 제대로 소통하지 못해서 사이가 나빠지는 경우도 많고, 심지어 서로 사랑하며 오래 같이 살았던 가족끼리도 다투는 일이 많잖아. 심지어 가까운 사이일지라도 사랑은 꿈도 꾸지 못하는 경우도 많고. 이렇게 의사소통이 가능한 사람들도 다 이해하지 못하는데, 심지어 때로는 미워하기까지 하는데, 그런 아빠가 과연 인간의 말을 알아듣지 못하는 동물과 같이 살 수 있을까? 정말 잘 살 수 있을까? 아니, 그럴

자격이나 있을까? 정말 동물을 온전히 사랑할 수 있을까? 함께 살려면 이해하고 사랑해야 할 텐데. 아빠는 솔직히 자신이 없어. 아직은 그래. 어릴 때부터 동물을 좀 무서워하기도 했어. 개는 귀엽긴 하지만, 가까이 가기엔 좀 두려워. 심지어 고양이도 그래. 작고 귀엽지만, 다가오면 좀 무서워.

나의 말을 들은 딸이 고개를 끄덕이며 이렇게 말했다.

— 아빠, 친구랑 개들이 사는 보호소에 가서 자원봉사를 해보기로 했어. 일단 그렇게 개들을 만나보고, 배워볼 생각이야. 나도 스스로 확인해본 후에 같이 살 수 있을지 다시 고민해볼게. 그건 괜찮지?

나는 진심으로 감사한 마음을 담아 고개를 끄덕였다.

그런데, 한편으로 언젠가 우리에게 또 하나의 가족이 생길 것 같은 느낌도 들었다. 지금은 아직 준비되지 않았지만, 돌이켜 보니 가족이 원래 그런 것도 같다. 준비도 되지 않은 순간 나타나 예기치 않은 행복을 주는 존재. 마치 딸이 그랬던 것처럼 말이다. 이런 마음가짐이라면 언젠가 또 하나의 가족을 받아들일 수 있지 않을까?

*

이제, 딸은 고등학생이다. 그사이 우리에게 새로운 가족이 생기진 않았다. 딸은 친구들의 반려동물과 시간을 자주 보내고, 한동안 개와 함께 산책하는 아르바이트를 하기도 했으며, 집에 혼자 있어야 하는 고양이의 '임시 집사' 노릇도 했다. 여전히 산책하다가 아름다운 생명체를 만나면 호들갑을 떨기도 한다. 여전히 조금 무섭긴 하지만 그건 나도 마찬가지다. 그리고 내 눈엔 딸의 그런 호들갑이 여전히 비숑 프리제처럼 예쁘기만 하다.

달리다 본
어떤 농사의 모습

류블랴나의 인구는 30만 명밖에 되지 않는다. 소위 번화가라고 할 만한 곳은 도시 전체에 딱 한 군데밖에 없다. 도시의 한가운데에 있는 프레셰렌Prešeren 광장을 기준으로 크게 잡아야 반경 2~3킬로미터 정도를 시내라고 부를 수 있다. 그 안에 모든 편의시설이 있고, 내가 사는 집과 일하는 학교까지 있다. 그런 까닭에 집에서 학교에 갈 때도, 학교에서 시내에 갈 때도, 시내에서 집에 올 때도 대부분 걸어 다니거나 자전거나 보드를 타고 다닌다. 사실 차를 몰 일이 거의 없다. 그래서 더욱 걷게 되고, 또 걷다 보니 걸음을 사랑하게 된다.

하지만 유럽의 고속도로를 달리는 일은, 걷기를 좋아하는 내게도 꽤 매력적이다. 한국과 비교하자면 도로는 더욱

구불구불하고, 차선의 수는 더욱 적고, 차들의 속도는 더욱 빠른 편이다. 밤길은 더욱 어둡고, 그래서 더욱 안전 운전이 필요하지만 그래도 매력이 있다. 무엇보다도 달려서 국경을 통과하는 매력이 있다.

*

유럽에 살면서 고속도로를 통해 꽤 많은 국경을 건넜다. 슬로베니아-이탈리아, 슬로베니아-헝가리, 슬로베니아-크로아티아, 슬로베니아-오스트리아, 오스트리아-체코, 오스트리아-슬로바키아, 크로아티아-세르비아 등 한국에서는 경험할 수 없는 고속도로 체험을 했다. 때로는 짧게, 가끔은 길게 고속도로 위를 달렸고 특별히 좋아하는 길도 있다.

슬로베니아에서 이탈리아로 차를 타고 가다 보면, 'E70 고속도로'라는 길을 만나게 된다. 바로 이 도로가 내가 유난히 좋아하는 길이다. 자주 가는 길도 아니고 눈에 확 띄는 이정표가 있는 것도 아닌데, 그 도로 근처에 가면 무언가가 느껴진다. 가령 이런 느낌이다.

'아, 여기서부터는 이탈리아구나!'

혹자는 비웃을 수도 있겠지만, 정말 그런 느낌이 든다. 그냥 막연한 느낌이라고 생각할 수도 있겠지만, 몇 번의 경험에 의하면 그냥 느낌은 아닌 듯하다. 우선, 하늘의 색이 변한다. 나무들의 표정들도 달라지는 것 같다. 차창 유리에 내려앉은 햇볕의 밀도가 달라진다고 하면 믿을 수 있을까? 아마도 국경 너머의 공기가 담긴 자연의 색이 변해서 그런 건 아닌가 싶다.

하늘이 높아지고 햇볕이 깊어지면서 '농사의 모습'이 보이기 시작한다. 농부들이 논이나 밭에서 일하는 모습일 것 같지만, 농부들이 보인다는 뜻은 아니다. 잘 정비된 논이 보인다는 의미다. 가끔씩 시원하게 물을 뿌리는 농업용 스프링클러가 보인다. 나무들이 일정하게 군락을 이뤄 자라는 모습도 보인다. 그 모습이 너무 다정스러워서 자꾸 눈이 간다. 옹기종기 모여 있는 작은 나무숲을 보며 달리는 기분은 청명하기까지 하다. 나무들이 적당한 거리를 유지하면서 서로 의지하며 살고 있다는 느낌이 든다. 처음에는 나무들이 자연스럽게 줄을 맞춰 모여 사는 줄 알고 너무 신기했다. 인간들이 무심한 사이에 나무들은 저리도 가지런히 모여 살고 있다고 생각했던 것이다.

'역시, 자연은 위대해!'

그런데 알고 보니 사람들이 그렇게 나무를 기르고 있는 것이었다. 바로 '농사의 모습'이었다. 사람에 의해 나무들이 일정한 간격으로, 같은 키를 하고서 다정하게 서 있었던 것이다. 그 사실을 알고 나니 더욱 신기했다. 인간이 자연 아래 만든 가지런한 아름다움이라니.

나는 사람들이 만들어낸 자연 속 아름다움을 좋아한다. 자연과 인공이 조화라는 이름으로 어울려 만들어진 아름다움을 사랑한다. 자연적인 듯하면서 상업적이고, 심지어 자본주의적이라고 할 만큼 노골적인데 자연의 일부로 녹아 아름다움을 빚어내는 것들. 자연 속 인간적인 면모가 빛나는 순간을 사랑한다. 농업도 그런 것이라고 믿는다. 그런 '자연스러운 부조화의 조화'가 고속도로 양옆에 쭉 펼쳐져 있다. 내 눈엔 심지어 자연친화적으로 보이면서, 예쁘기까지 하다. 그 길을 달리며 이런 생각을 하곤 했다.

이탈리아 우디네의 모레티Moretti 공원은 걷기 좋고, 뛰기 좋은 공원으로 유명하지만, 내겐 멈춰서 생각하기 좋은 공원으로 기억된다. 4월에 만나는 모레티의 푸름은 머리마저 푸르게 해준다.

'이런 게 바로 농사의 모습인가 보다!'

살짝 차창을 내리고 바람의 향을 맡고 싶은 길. '푸름이 넘쳐나는 봄의 중앙을 달리고 있구나'라고 절로 느껴지는 도로. 내가 좋아하는 E70 고속도로.

*

그 모습을 몇 차례 본 후, 나는 깨달았다. 내가 지나가면서 힐끗 본 농사의 모습은 진짜 농사일 리가 없다는 사실을. 내가 가고 싶은 나라로 가는 길에, 내가 가장 좋아하는 도로에서 보이는, 기분이 좋아지는 볕 아래 펼쳐진 농사의 모습이 진짜일 순 없다. 마치, 한없이 행복한 단 하루가 우리 인생 전부를 대표할 수 없는 것과 같이.

하지만 그 한없이 행복한 하루도 우리 삶의 일부이기에 사랑해야 하고, 사랑할 수밖에 없고, 또 즐기는 것처럼, 매력적인 길 옆에 펼쳐진 적당한 인공미를 지닌 농사의 모습도 자연과 인간이 만든 우리의 일부다. 그러므로 나는 유럽의 고속도로들을 달리다 만난, 일부만 힐끗힐끗 드러내는 그 농사의 모습을 좋아한다. 비록 그 모습이 순간의 것일지라도.

외진 곳에 있는 작은 맛집

4월 말에 우디네에 간다고 하면, 슬로베니아 사람들이 묻는다.

— 거기에 왜 가?

4월 말에 우디네에 있다고 하면, 한국 사람들이 묻는다.

— 거기가 어디야?

매년 4월 말, 내가 좋아하는 E70 고속도로를 타고 우디네에 간다. 우디네는 슬로베니아 류블랴나에서 150킬로미터 정도 떨어져 있는 이탈리아의 작은 도시다. 지도를 펼쳐 보면, 우리가 생각하고 있는 이탈리아의 중심과는 꽤 멀리 떨어져 있다. 볼 것도, 도시의 특징도 크게 없어 뭐라 설명하기 쉽지 않은 도시다. 무엇보다도 딸에게 줄 선물 하나 구하기 어려운 곳이다. 그런 우디네는 내게 한국영화를 보러 가는 도시다.

*

이탈리아 우디네에서는 매년 4월 말이면 극동영화제Far East Film Festival가 개최된다. 극동영화제는 이름처럼 동아시아의 영화들을 상영하는 축제다. 벌써 20회가 넘었으니 꽤 오래된 영화제라고 할 수 있다. 몇 해 전 4월에도 영화제에서 한국영화를 보겠다는 일념으로 우디네에 갔다. 그해 우디네에서 첫 번째로 만난 영화는 〈리틀 포레스트〉였다.

영화제에서 〈리틀 포레스트〉의 임순례 감독과 문소리 배우를 만났다. 4월 말 우디네에 가면, 한국에서 만날 수 없는 영화인들을 만나는 행운을 얻을 수 있다. 〈웰컴 투 동막골〉의 박광현 감독, 〈기생충〉 번역으로 유명한 달시 파켓 교수도 거기서 만난 적 있다. '본 적'이 아니라 '만난 적'

이라고 표현하는 것은 그 유명한 분들이 눈인사는 물론이고, 이쪽에서 인사를 건넸을 때 친절하게 반응해주었으며, 심지어 대화를 나누는 영광도 베풀었기 때문이다.

내가 만났던 그들은 아주 편안한 차림으로 우디네 영화제의 메인 상영관인 지오반니 극장 잔디에 앉아 있거나, 하나도 특별할 것 없는 어느 골목에서 허름한 건물들을 두리번거리면서 천천히 걷고 있었다. 직접 보진 못했지만, 한국의 김혜수 배우, 황정민 배우, 홍콩의 임청하 배우, 홍금보 배우 등 수식어가 필요 없는 유명 영화인들을 우디네의 이곳저곳에서 '만났다는' 사람들의 이야기를 들은 적도 있다. 나는 그런 이야기를 들을 때마다 '이건 로마에서는 있을 수 없는 일이야. 오직 이 작고 외진 우디네에서만 가능한 일이지'라고 생각했다.

— 요런 맛은 시내에 있는 유명한 대형 레스토랑에서는 볼 수 없는 맛이야. 변두리 시장 골목 안쪽에 위치한 작은 식당에서만 볼 수 있는 그런 특별한 맛이지!

그 우디네에서 한국의 〈리틀 포레스트〉가 상영되었고,

임순례 감독은 상영 전 관객과의 만남에서 이렇게 말씀하셨다. 이 영화는 음식에 관한 영화라고. 그런데 이탈리아 사람들 앞에서 스파게티 요리 장면이 나오는 영화를 소개하려니 쑥스럽다고. 관객들은 영화를 보기도 전에 환하게 웃었다. 감독의 한마디에 관객들은 더 편한 마음으로 영화를 볼 준비를 할 수 있었던 것이다. 임 감독의 소개처럼 영화는 음식에 관한 영화였고, 스파게티를 만드는 장면도 나왔다. 이탈리아 사람들은 웃었다. 그 외의 다른 장면들에서도 많이들 웃었다.

그러나 개인적으로 내겐 아주 잔인한 영화였다. 잔인할 정도로 맛있는 한국 음식들, 하지만 외국에서는 쉽게 먹을 수 없는 음식들이 잔뜩 나오는 영화였는데, 게다가 등장인물들은 그런 특별한 음식들을 뚝딱뚝딱 쉽게도 만들었다. 외국에 사는 한국 사람들이 보기엔 그 어떤 공포영화보다 무서운 영화다. 그래서 나는 음식이 등장하는 장면들을 의도적으로 피했을지도 모른다. 대신 애써 '땅'이 나오는 장면들에 집중했다.

영화 도입부에 주인공 혜원이 말라 비틀어진 배추의 흔적을 캐내는 눈이 쌓인 땅이 특히 인상적이었다. 예전에

비 오는 날 외국의 거리를 걷고 있으면, 정말 현지인이 된 것 같은 느낌이 든다. 아무래도 여행과 비는 어울리지 않고, 일상을 살다 보면 비는 만나기 마련이니. 이탈리아 우디네에서 느꼈던 바로 그런 비의 일상.

농사를 했다가 땅속에 버려두었던 배추로 혜원이 첫 끼를 해결하는 장면이다. 혜원의 친구 재하가 다니던 회사를 때려치우고 과수원을 했던 비옥한 땅도 기억에 남는다. 어쩌면 그 땅이 있었기 때문에 재하는 도시의 회사에서 큰소리치고 나올 수 있었던 것 아닐까? 땅이 바로 믿는 구석이었던 셈.

혜원이 타이밍의 중요성을 말하면서 감자를 심으려고 팠던 땅도 기억에 남는다. 땅에 무언가를 직접 심어보면, 인생이 타이밍 싸움이라는 것을 알 수 있다는 교훈을 주는 장면이다. 혜원의 엄마가 토마토를 휙 던지면서 했던 말도 사실 땅에 관한 말이었다.

— 저렇게 막 던져도 결국엔 자라나더라.

그때, 그렇게 막 던져도 잘 자라는 이유가 토마토에 있는 것이 아니라, 땅 덕분일지도 모른다는 생각을 했다. 먹지도 못할 사과들이 뒹구는 땅도 기억이 난다. 노력의 결실이 때로 별다른 이유 없이 쉽게 슬픔으로 치환되는 과정을 너무나 무심하게 보여줘서 슬펐지만, 그 슬픔이 생의 진리에 가깝다는 생각을 하면서 다시 슬펐지만 그래도 좋았다.

사실 매년 그렇다. 가뭄이라는 이름으로, 또 장마라는 이름으로 자연 앞에서 사라져버리는 노력들. 노력이 하루아침에 슬픔으로 변하는 경우 우리는 그것을 '자연의 섭리'라고 부른다.

추수 전, 쓰러진 벼들을 무심히 품고 있던 노란 땅도 기억에 남았다. '아주심기'를 가르쳐준 양파 싹이 삐죽 나온 땅도 인상적이었다. 바로 그 땅이 준 것들로 사람들이 맛과 멋을 만들어낸 것이다. 이 모든 걸 보여준 영화가 바로 〈리틀 포레스트〉였다. 적어도 내겐.

그러고 보니 모든 것을 땅이 다 줬다고 할 순 없을 것 같다. 사람들이 땅으로부터 무언가를 받기 위해 노력한 것이니까. 땅에 심은 '노력'이 빛나는 영화였다. 모두가 감동할 맛을 만들기 위해 가장 필요한 것은 땅과 노력이다. 우리는 그것을 '농사'라고 부른다.

우리는 항상 마지막 순간에 감동한다. "이 음식은 정말 너무 맛있다" "감칠맛이 난다" 심지어 "한국적인 맛이 난다"고 호들갑을 떨기도 한다. 하지만 그 감동은 땅이 없으면, 노력이 없으면 만들어질 수 없는 것임이 너무나 당연하다. 그러고 보면 〈리틀 포레스트〉는 예술가와 자연이 함께 만들어낸 일종의 결실이다.

✶

나는 그 노력과 결실을 함께 볼 수 있는 영화제를 좋아했던 것이다. 영화제라는 땅에서 노력한 영화인들을 직접 만나 결실을 함께 맛볼 수 있는, 작고 외진 곳에 위치했지만 아직 많은 사람이 모르는 나만의 영화 맛집이 바로 우디네다. 그 맛집에서 맛있는 음식을 먹으면서 나의 음식을 떠올리는 것이다. 내가 만든 음식이 맛없는 이유는 아직 내 땅이 아직 비옥하지 않고, 내 노력이 여전히 부족하기 때문이라는 생각도 하면서.

그해 4월의 우디네에서 열 편 정도의 영화를 더 봤는데, 아직까지 머리에 남아 있는 영화는 〈리틀 포레스트〉뿐이다. 아마도 그 땅, 그 농사, 그 음식들 때문일 것이다. 요즘도 가끔 〈리틀 포레스트〉를 보고 영화관 앞 잔디밭에서 임순례 감독, 문소리 배우와 함께 찍은 사진을 보면서 웃는다. 그때 우리는 무엇도 아닌 땅에 털썩 앉아 있었다. 그리고 이제는 기억도 나지 않는, 길지 않은 대화를 나눴다. 그 영화 같은 순간이 잘 지워지지 않는다.

시작을 응원하는 마음

2013년 2월, 지금 근무하고 있는 슬로베니아 류블랴나 대학교에서 첫 강의를 했다. 2주간 맛보기 강의를 마친 뒤, 정식 임용을 위해 각종 서류, 비자 등 한국에서 준비해야 할 것이 많았다. 러시아 모스크바에서 5년 남짓 유학 생활을 한 뒤, 조국에서 오래오래 살고 싶었는데. 삶은 당연한 듯 자연스럽게 내 뜻과는 다르게 흘러갔다.

앞으로는 잠깐으로 끝나는 특강이 아닌 꽤 오래 (어쩌면 평생) 외국인들에게 강의해야 한다고 생각하니, 이제 정식으로 그 어려운 일을 해야 한다고 생각하니 걱정이 앞섰던 것이 사실이다. 출국이 다가올수록 걱정은 커졌다. 주변에서 전하는 축하 인사도 차곡차곡 쌓였지만, 축하가 걱정을 줄여주진 못했다. 항상 걱정은 고스란히 나의 몫인 까닭에.

그러던 중 슬로베니아에서 온 메일 한 통을 받았다. 2주간 나의 강의를 들었던 학생에게서 온 메일이었다. 헤어지기 전에 인사를 제대로 못 해 죄송하다는 말과 더불어, 나의 강의가 지루했던 대학 생활의 '양념spiced up'과 같은 역할을 했다며 좋은 추억 오랫동안 기억하겠다는 내용이었다. 나는 그 메일을 몇 번이나 다시 읽고, 또 읽고 읽었다. 읽을수록 나의 몫이었던 걱정의 무게가 조금씩 줄어드는 것이 느껴졌다.

'내 강의가 양념이었구나!'

머릿속에 오만 가지 맛있는 양념들을 떠올리며 미소 지을 수 있었다. 불현듯, 잘해볼 수 있을 것 같다는 생각이 들었다. 아니, 즐겁게 해볼 수 있을 것 같다는 생각이 들었다. 한두 마디로 설명할 수 없는 단단한 용기가 생겨버렸다. 슬로베니아에 가서 한국의 '장맛'을 제대로 보여줘야겠다고 다짐하게 된 것이다.

*

그렇게 나는 여기서 시작할 수 있었다. 한때 '양념'이었던 내가 이제는 학생들에게 지루한 대학 생활의 일부가 되어버렸을지도 모르지만, 바로 그 메일 한 통 덕분에 용기를 얻고 시작할 수 있었다는 사실은 변함이 없다. 한 통의 메일에 담겨 있던 시작을 돕는 마음, 그 마음이 없었다면 용기를 내지 못했을지도 모른다. 확신은 종종 내 안이 아닌, 나의 밖에서 생긴다. 우리는 그 확신을 응원, 격려, 칭찬이라고 바꿔 부르기도 한다.

그때 메일을 보냈던 학생과도 아직 소통하고 있다. 그는 나의 조국에서 '학업'이라는 이름의 고생을 하고 있다. 언젠가의 내가 어딘가에서 그랬던 것과 같이. 나는 그 고생길을 돕기 위해 추천서를 몇 장 써주기도 했다. 그리고 적어도 그 학생에게만이라도 괜찮은 '양념'으로 오래오래 남고 싶어 요즘도 가끔 응원의 메시지를 보낸다.

*

2013년 9월에는 딸이 무언가를 용기 있게 시작해야 했다. 2013년 봄에 내가 먼저 슬로베니아에 도착했고, 그해 여름 아내와 딸이 슬로베니아에 도착했다. 딸의 시작은 나의 시작보다 훨씬 어려웠을 것이 확실하다. 딸은 새 학년, 새 학기가 시작되는 학교에 적응해야 했으니까. 새 환경에 적응하는 것만으로도 힘들 텐데, 새로운 언어와 새로운 동급생들까지 보태졌다. 친구가 한 명도 없는 교실에, 심지어 한국어를 알기는커녕 동양인을 본 적도 없는 학생들 무리 속으로 들어가야 했던 것이다. 딸은 당연히 슬로베니아어도 몰랐고, 영어도 알파벳만 간신히 읽을 수 있는 수준이었다.

나와 아내는 딸의 손을 잡고 등교했다. 우리가 만난 딸의 학교는 한국의 학교와 사뭇 다른 분위기였다. 나는 그것을 '차가운 환대cold hospitality'라고 부르고 싶다. 모두들 우리를 의식하고 있지만, 부담을 주지 않기 위해 적당한 거리를 두고 살짝 바라보는 첫 만남. 아무도 우리를 보고 웃지도, 인상을 쓰지도 않는 상황.

류블랴나대학교 본관 건물이다. 사람들이 내가 일하는 곳이냐고 묻지만, 내가 일하는 인문대학은 본관에서 800미터 떨어진 곳에 있다.

그 차가운 환대 속에서 딸은 떨고 있었다. 물론 나도 티 나게 떨고 있었다. 아내 역시 나만큼이나 떨고 있는 것이 느껴졌다. 우리는 맞잡은 손을 통해 서로가 얼마나 긴장했는지 확인할 수 있었다. 딸이 공부할 교실 앞에서 우리 셋은 서로 약속이나 한 듯이 어색하게 입꼬리를 최대한 위로 치켜세우고, 겉으로 긴장이 드러나지 않게, 하지만 속으로는 생의 그 어떤 순간보다도 과하게 덜덜 떨고 있었다. 교실 문이 열리고 사람들이 들어갔지만, 우리는 그 앞에 서서 미동도 하지 못했다. 딸은 아빠와 엄마의 손을 꼭 잡은 채로 간신히 교실에 발을 들여놓을까 말까 고민하고 있었다.

딸의 결심이 섰던 순간, 그 작은 첫발을 내딛던 순간을 잊을 수 없다. 그리고 그 순간 딸, 아내 그리고 내가 함께 들었던 소리를 잊을 수 없다. 시작을 돕는 그 한마디. 놀랄 정도로 정확한 발음의 한국어!

— 안녕!

교실 구석에서 놀던 무리 중 한 명이 딸에게 다가와 분명히 그렇게 말했다. 환하게 웃으며 외쳤다. 분명히 정확한 한국어로 “안녕”이라고 말했다. BTS도 〈오징어 게임〉도 없던 시절, K-POP이 슬로베니아에 상륙하기 전, 슬로베니아의 한 초등학생이 한국어로 우리에게 인사했다.

딸의 얼굴에 웃음이 슬며시 번지기 시작했다. 아내의 표정도 밝아졌다. 딸은 꽉 잡고 있던 양손에 힘을 뺐다. 우리는 맞잡은 손을 놓으면서 서로가 얼마나 안도했는지 확인할 수 있었다. “안녕”이라고 외쳤던 친구가 딸의 곁에 와서 뭐라고 말을 건넸다. 물론, 알아들을 수 없었다. 슬로베니아어였으니까. 하지만 딸과 그 친구는 눈빛을 주고받았다. 슬로베니아에서 맞은 딸의 첫 등교는 그렇게 잊을 수 없는 추억과 함께 시작되었다.

나중에 들어보니 6월에 한국에서 전학생이 온다는 소식을 들은 딸의 담임이 미리 같은 반 친구들에게 소식을 전했고, 그 친구는 아빠를 졸라 구글 번역기로 한국어 인사를 준비했었다고 한다. 딸과 첫 “안녕”을 나눈 친구는 여전히 친하게 지내고 있다. 각자의 꿈을 위해 다른 고등학교에 진학했지만, 여전히 서로를 열렬히 응원하면서.

아직도 2013년의 봄과 가을을 잊지 못한다. 낯선 땅에서 우리의 시작을 응원해준 소중한 사람들의 마음을 결코 잊을 수 없다. 그리고 나의 주변에 무언가를 시작하는 사람이 있다면, 언제든 돕고 싶다. 글 또는 말로. 혹은 행동으로. 시작은 혼자 하는 것이지만, 시작을 돕는 일은 함께할 수 있기 때문이다.

류블랴나대학교 인문대학이 위치한 아슈케르체바 Aškerčeva 거리에 뜬 무지개. 반복되는 일상을 행복하게 만드는 것 중 하나는 변화무쌍한 자연이다. 무지개와 같은 아름다움을 동반한 하늘이라면 더욱 그렇다.

걷기도 귀찮은 날,
가위 타령

그냥 움직이기도 귀찮은 날, 아무것도 하기 싫은 날이 있다. 심지어 걷기도, 먹기도 싫은 날. 그런 날에는 예외 없이 소파에 푹 박혀 온종일 스마트폰 삼매경에 빠져 넋을 잃고 있기 일쑤다. 산책 예찬론자라도 스마트폰의 유혹에 빠진 날에는 어쩔 수 없다.

그럼 나보다 이성적인 아내가 단호한, 당장 무슨 수라도 쓰지 않으면 안 될 것 같다는 표정을 짓는다. 당장 달려와 내 손의 스마트폰을 가로챌 것만 같은 눈빛이다. 그 표정을 보며 알았다고 대답하고, 움직이는 척을 한다. 물론 눈은 여전히 스마트폰을 보고 있다. 아내가 정말 무슨 수를 쓰지 않는다는 사실을 뻔히 알면서도 움직이는 척 정도는 하는 게 남편의 도리라고 믿는다. 그리고 미안한 표정을 쓱 지어본다. 하지만 주변 공기의 무게가 달라지는 것이 느껴진다. 뭔가 실질적인 행동이 필요하다. 불리한 상황에서는 화제전환이 중요하니, 아무 이야기나 시작해야 한다. 물론, 스마트폰은 아내의 눈에 띄지 않는 곳으로 숨기고.

그날은 왜 그랬는지 기억나지 않지만, 태연하게 가위 이야기를 꺼냈다. 나름 진지한 표정을 지은 채, 스마트폰에서 눈을 떼고 아내를 보았다. 꽤 지그시 바라보았던 것으로 기억한다.

— 여보, 가위 알지? 지금 우리가 쓰고 있는 날이 두 개 있는 가위 말이야. 그래. 손가락을 넣이서 종이 같은 것을 싹둑싹둑 자르는 도구. 그 가위의 역사를 알아? 그걸 처음으로 사용한 게 로마 시대였고, 동양에서는 당나라 때부터 썼대. 그러니까 가위는 꽤 긴 역사를 가진 물건이지.

예상대로 아내의 표정은 썩 좋지 않았다. 아내가 대놓고 말하진 않았지만 '이 인간이 또 무슨 헛소리를 하려고 하나' '무슨 속셈으로 이상한 이야기를 시작하나' 뭐 그런 표정이었다. 아내는 내 속을 빤히 알고 있었고, 나 역시 아내가 내 속을 빤히 알고 있다는 것을 알고 있었기 때문에, 더욱 태연한 척 말을 계속 이어갔다.

— 그런데 말이야. 가위 중에서 아주 작은 쪽가위 알지? 실 같은 거 자를 때 쓰는 작은 가위 말이야. 날카로운 칼날 두 개가 포개지면서 뭔가를 자르는 거 알지? 그게 역사가 더 길대. 그러니까 쪽가위의 역사를 포함하면 가위의 역사는 더 길어지는 거지. 무려 기원전 1000년경까지 거슬러 올라가야 해. 철로 된 쪽가위의 역사는 정말 긴 거지. 가위의 조상이 쪽가위인 거지.

'역사는 정말 긴 거지'에서 '거지'라는 어미에 애교를 보태서 말하려 했지만 당연히 실패했고, '쪽가위'의 '쪽'에서도 귀여운 느낌을 살리지 못했다. 공기가 서늘하게 굳으며 무거워지는 것이 느껴졌다. 순간 아내를 봤는데, 역시 표정이 좋지 않았다. 아내는 팔짱을 끼고 '그래, 어디까지 하는지 보자'는 표정으로 나를 빤히 보고 있었다.

— 그 쪽가위가 무려, 그리스 헬레니즘 시대부터 쓰였다

고 하더라. 대단하지? 놀랍지 않아?

하지만 아내는 무려 '헬레니즘'이라는 단어를 듣고도 하나도 대단하지 않다는 표정으로 나를 빤히 보면서 한숨을 쉬었다. 나는 한숨 소리를 못 들은 척 이야기를 계속했다.

— 가위는 그 역사가 긴 만큼 우여곡절도 참 많았다고 하네. 그리스에서는 가위 사용을 두고 열띤 토론까지 있었다고 하더라. 당시 그리스에는 가위가 칼보다 훨씬 위험하다고 생각한 사람들이 많았다는 거야. 이른바 '가위 무용론자'들인데, 가위는 날카로운 날이 두 개나 있어 더욱 위험하고, 무언가를 자르는 데 칼만으로도 충분하다는 의견을 가진 사람들이었지. 실제로 가위가 더 잡기 편해서 살인사건에도 많이 쓰였다지 아마.

이른바 '가위 논쟁'인데, 영어로는 'The Argument from the Scissors'로 불리는 이 논쟁이 기원전 400년경까지 이어졌고, "인간은 만물의 척도이다"라는 말로 유명한 최초의 소피스트 프로타고라스Protagoras가 대표적인 반가위파Anti-Psalís였어. 결국, 프로타고라스도 동물의 털을 자를 때

가위만큼 유용한 도구는 없다고 인정했지만.

가위 논쟁은 거기서 끝나지 않았어. 가위의 모양이 변할 때마다, 가위에 새로운 용도가 추가될 때마다 크고 작은 다툼이 계속되었지. 예를 들면, 16세기 이탈리아의 미용사들은 동물의 털을 자르던 가위로 인간의 머리카락을 자르는 것이 도덕적으로 합당한가를 두고 다투기도 했어. 18세기 가위에 병따개 기능이 추가되었을 때는 네덜란드 맥주 회사들이 격렬하게 반대했어. 위험한 가위로 맥주병을 따다가 다치는 사람이 생길 수 있고, 심지어 술 취한 사람이 가위로 사람들을 해칠 가능성이 있다는 이유에서였지. 특히, 일본에서 타케치 오토야라는 가위 살인마가 등장했을 때는 실제로 학교 근처 문방구의 가위 판매량이 급격히 줄기도 했대. 오토야는 가위로 사람을 '잘라' 죽이면서 쾌감을 느낀다고 말해 굉장한 파장을 일으켰지. 초등학교를 중심으로 가위 사용 금지론이 확산되기에 이르렀어.

가위 논쟁이라는 말 때문인지, 프로타고라스라는 이름이 나와서 그랬는지, 맥주와의 연관성에 솔깃했는지, 가위 살인마에 놀랐는지 정확히 알 길은 없었지만 아내의 눈빛에서 긍정의 빛이 보이는 것 같았다. 기회다 싶어 무심한 척 원하는 결론으로 내달렸다.

— 여보, 분명한 것은 가위는 잘못이 없다는 거야. 그치? 가위의 날이 날카로울 때도, 디자인이 바뀌고 가위의 기능성이 좋아져도, 심지어 가위로 인해 사람들이 많이 다치거나 죽는 일이 생겨도 가위는 그냥 가위라는 거지! 그렇지 않아? 가위가 무슨 죄가 있겠어.

나는 스마트폰을 꼭 쥐었다. 드디어 아내는 고개를 끄덕거렸다. 무엇에 긍정하고 있는지 차마 물어볼 순 없었지만, 확실히 아내의 표정은 나아졌다. 그리고 나는 그 순간을 놓치지 않고 아내의 끄덕임에 맞춰 몇 마디를 보탰다.

— 여보, '이놈의' 스마트폰도 잘못이 없지 않을까? 가위처럼. 스마트폰에 대해 왈가왈부하는 것은 어쩌면 가위 논쟁만큼이나 무의미할지도 몰라. 그냥 사용하는 사람이 잘하면 되는 것이지. 그것 때문에 눈이 나빠졌다, 집중력이 떨어졌다, 대인관계가 이상해졌다, 운동을 하지 않는다,

심지어 사람들이 이기적으로 변했다는 것은 너무 억지 아닌가? '가위 때문에 헤어스타일이 이상해졌다'는 주장과 뭐가 다르지? 스티브 잡스는 무죄라고!

너무 성급한 결론이었다. 하지만 예상외로 아내는 살짝 수긍하는 표정이었고, 나는 마무리했다.

— 이제, 나가서 좀 걸어볼까? 스마트폰은 저기에다 둘게. 스마트폰은 잘못이 없어요! 내가 잘못이지. 당신도 같이 나갈래?

나는 스마트폰을 책장 위에 살포시 올려두고 스마트폰을 가리키며, 왼손을 좌우로 두 차례 흔들었다. 아내는 피식 웃고 말았다. 성공이었다.

*

다만, 세상에 가위 논쟁 따위는 없었고 그냥 위기 탈출용으로 꾸며낸 이야기라는 말은 하지 못했다. 언젠가 기회가 되면 거짓말이라고 자백하고 혼 솜 날 생각이지만, 가위 논쟁에 대해 말한 것을 후회하지 않는다. 진심이었기 때문이다. 물론, 가위 논쟁 이후에도 여전히 스마트폰이 유혹하는 날엔 거리 두기 없이 지내고 있긴 하다. 그래도 산책은 잊지 않는다.

서재도 없는 명사의 서재

우리는 가난하고, 나는 서재가 없다.

소설가이자 번역가이고 심지어 교수이지만, 여전히 가난하고 서재가 없다. 거실 구석에 작은 책상을 하나 두고, 거기에 앉아서 글을 쓰고 책을 읽는다. 책들은 거실의 빈 공간에 둔다. 세워두기도 하고 눕혀놓기도 하고 꽂아둘 때도 있으니 그냥 '둔다'는 표현이 딱 어울린다.

학교에 가면 연구실이 있지만, 한국의 교수들처럼 혼자 큰 방을 쓰면서 조교를 부리는 호사는 없다. 4명 혹은 5명이 함께 쓰는 공동 연구실만 있을 뿐이다. 거기에 나를 위한 책장과 작은 책상이 하나 있다. 내게 배정된 책장은 다른 교수들의 것들보다 분명히 크지만, 그래서 부러움을 사기도 하지만, 그곳을 나의 서재라고 할 순 없다. 그래서 아내는 내게 이런 말을 자주 한다.

— 다음에는 당신 서재가 있는 집으로 꼭 이사 갑시다.

그럴 수 있다면 좋겠지만, 그렇게 되지 않아도 괜찮다. 책은 어디서든 읽을 수 있기 때문이다. 웅크리고 앉아 책장을 넘길 만한 공간만 있으면 그것으로 충분하다.

우리가 가난하고, 나는 서재가 없다는 사실을 모르는 사람들이 가끔 나의 서재에 관해 묻곤 한다. 언젠가 어떤 서점에서 '명사의 서재'라는 테마로 몇 가지 질문을 한 적이 있다. 나는 명사名士도 아니고, 서재도 없었지만 질문에 대답했다. 그냥 내가 좋아하는 것들에 대해 이야기하고 싶어서였다. 누군가도 그 기쁨을 함께 누렸으면 하는 마음에서. 세상에는 서재를 가진 자가 많지 않을 거라고 위안하면서.

*

Q. 처음 책의 재미를 느낀 때는 언제였나요?

A. 1996년 11월부터였습니다. 그러니까 지난 세기부터 저는 책에 관심이 있었던 거죠. 스물두 살 때였고, 군복무 중이었어요. 일병이었죠. 제가 있던 부대에선 그전까지 상병, 병장만 책을 읽을 수 있었는데 어쩐 일인지 제가 일병이 되던 달에 갑자기 일병들도 책을 읽을 수 있게 해줬어요. 그때부터 일과를 마치고 돌아와 내무반 구석에 앉아 책을 읽기 시작했어요. 정말 마구마구 읽었어요. 군복 건빵 주머니에도 늘 작은 문고본을 넣고 다녔어요. 그냥 짬이 날 때마다 읽고 또 읽었어요. 다른 전우들이 담배를 피울 때 그 옆에 서서, 보초 근무를 나가기 전 대기 시간에, 화장실에서도, 탈수기 속에서 빨래가 돌아가는 시간에도.

책의 종류나 내용도 가리지 않았어요. 사실 가릴 처지도 아니었고요. 그냥 내무실 책장에 꽂힌 순서대로 읽었죠. '어차피 저기 있는 책을 다 읽게 될 테니.' 뭐 그런 생각으로 읽기 시작했어요. 굴삭기 운전 기능사 시험 수험서도 있었고, 팝송 대백과도 있었어요. 수학 문제집이나 영영 사진도 있었고요. 특별한 기준 없이, 글로 된 것들은 다 읽고 또 읽었어요. 이해가 안 돼서 또 읽고, 재미있어서 또 읽고, 읽을 게 없어서 또 읽고.

그때 읽었던 책들 중 기억에 남는 몇 권을 쓴 저자가 아직도 제가 좋아하는 저자들이에요. 그 책들은 당시에 나름 신간들이었던 것으로 기억해요. 무라카미 하루키의 《밤의 원숭이》, 장정일의 《너희가 재즈를 믿느냐》, 지그문트 프로이트의 《꿈의 해석》이었어요. 아마 그때 깨달은 것 같아요. 책 속에 다른 세계가 있다는 것을. 현실 세계가 힘들 때 그 세계가 위안이 된다는 것을, 아니 위안 그 이상이라는 것을. 그리고 무엇보다도 그 세계를 싸돌아다니는 것이 무지하게 재미있다는 것을요!

Q. 독서는 왜 중요하다고 생각하시나요?

A. 우선 이런 질문을 해볼게요. "(도대체) 자전거는 왜 중요하죠?" 자동차에 비하면 교통수단이라고 말하기 부끄러운 수준이고, 특히 요즘에는 가격도 꽤 비싼 편이고요. 레저용이라고 할 수도 있겠지만, 자전거말고도 레저 대체재는 많지 않나요? 그럼에도 자전거는 1700년대 말부터

지금까지 (부침이 있었겠지만) 누군가에게 지속적으로 사랑받고 있습니다. 최근에는 다시 각광을 받고 있다고 해도 과언이 아닙니다.

그래서 우리는 자전거의 중요성에 대해 이렇게 말해볼 수 있겠죠. 자전거는 친환경적이고, 건강에 도움이 되고, 자동차에 비해 경제적이고, 주차도 간편하다고. 그래서 감히 우리는 이렇게 말해볼 수도 있겠죠. 교통수단의 역할로만 보자면 최고는 아니겠지만, 그럼에도 "자전거도 꽤 중요하다!" 혹은 "자전거도 의미 있는 물건(?)이다!"

책도, 독서도 그렇지 않을까요? 책을 정보 전달의 매체로 본다면 이제는 최고라고 할 수 없겠죠? 여흥거리라고 생각하면 역시 또 으뜸이라고 말하긴 힘들겠죠. 그럼에도, 자전거처럼 어떤 역할이 있지 않을까요?

저는 자전거로 자주 출퇴근하는데, 가장 멋진 점은 멈추고 싶을 때 멈출 수 있다는 것입니다. 공원을 달리다 아름다운 꽃을 보면 멈춰서 감상할 수 있어요. 늘 가는 길이지만 기분에 따라, 날씨에 따라, 계절에 따라 완전히 다른 느낌을 줍니다. 독서도 그렇지 않나요? 책을 읽다가 아름다운 문장 앞에 서서 감상에 빠질 수 있죠. 같은 책이지만 읽는 곳, 시간, 마음, (때로는) 번역에 따라 완전히 다른 느낌을 주잖아요.

어떤 사람들이 요즘 책값이 비싸다고 툴툴거리면서 사지는 않죠. 물론 읽지도 않고. 또 어떤 사람들은 더 이상 독서를 취미라고 생각하지 않아요. 더 멋진 취미, 더 멋져 보이는 취미가 많이 생긴 탓이죠. 어떤 이들은 독서에서 재미를 찾지 못합니다. 게임, 영화, 드라마, 뮤지컬, 더 스펙터클하고 다이내믹한 '거리'가 많은 세상이니까요.

책이 태어났을 때 지닌 역할만을 좋아해달라고 사람들에게 강요할 순 없죠. 자전거처럼 책에 대한 관점도 바뀌어야 하고요. 그러면 다른 역할이 생길 것 같아요. 그것도 아주 중요한 역할이요. 사람을 멈춰서 생각하게 만드는, 멈춰서 감상할 수 있게 하는 것은 많지 않습니다. 독서는 늘 멈춤과 생각을 제공합니다. 그러니 멈출 수 없는, 생각할 시간도 없는 이 시대에 역설적이게도 가장 필요한 행위이자 중요한 역할이 될 겁니다. 바로 독서가!

점점 빠른 탈것만 찾는 시대에 자전거가 다시 주목받는 것처럼, 독서도 그럴 겁니다. 자전거가 IT와 만나 진화하는 것처럼, 독서도 그렇게 될 겁니다. 자동차만 다니던 길에 배려의 차원에서 자전거 이용자들을 위한 전용도로가 생긴 것처럼, 어쩌면 책을 사랑하는 독자들을 위한 특별한 배려가 생겨날지도 모릅니다. 제가 과한 꿈을 꾸고 있는 건가요? 그렇다면 이 역시 독서가 준 상상력 덕분입니다.

그런 의미에서 또다시 독서가 중요해지네요. 상상하지 않으면 발전할 수 없고, 상상은 멈춰서 생각할 때만 가능한 것이니까요. 그렇습니다. 독서는 상상력을 자극하죠. 다른 매체들은 상상력을 눈앞에서 재현하는 데 최선을 다하지만 책은 그 반대입니다. 재현을 독자의 몫으로 돌리죠. 마치 자전거가 동력을 라이더의 몫으로 돌리는 것처럼요. 그 하나만으로도 충분히 중요하다고 우길 수 있을 것 같네요!

Q. 요즘 작가님의 관심사는 무엇이며 그것과 관련하여 읽을 계획인 책이 있나요?

A. 관심사는 '사랑'입니다. 그래서 빠른 시간 안에 사랑 이야기를 써보고 싶어요. 시간, 정신, 생명을 초월한, 그럼에도 뭔가 '찌질한' 느낌을 지울 수 없는 사랑 이야기요. "나도 저 지경이 되면 저런 식으로 사랑할 것 같은데……"

라는 느낌을 줄 수 있는 그런 이야기요.

방금 전, 가브리엘 수잔 바르보 드 빌레느의《미녀와 야수》를 다시 읽었는데, 그런 느낌이 나는 글을 쓰고 싶어요. 빠른 시일 내에 가브리엘 마르케스의《콜레라 시대의 사랑》, 루크 데이비스의《캔디》, 쿠엔틴 타란티노의〈트루 로맨스〉 대본집을 다시 읽고 싶어요. 이미 알고 있는 이야기들임에도 다시 그 사랑들을 만날 생각을 하니 '심'이 '쿵' 하네요!

Q. 작가님의 최근작과 관련하여, 독자들에게 하고 싶은 말씀이 있다면 무엇인가요?

A. 제 소설을 읽어주신 분들께 감사하다는 말을 드리고 싶죠. 그리고 Special Thanks to '구입해서' 읽어주신 분들!

그리고 제 책을 사시지도 읽으시지도 않은 분들께, 또 앞으로도 제 소설은 피하실 예정인 분들께는 이런 말씀을 드리고 싶네요. 한국 소설을 읽어주세요! 그리고 또 이런 말씀도 드리고 싶어요. 한국 소설 절대 후지지 않습니다.

한국 음식을 한번도 먹어본 적 없는 어떤 외국인이 배

추김치 한 젓갈을 먹은 후, 이렇게 말합니다. "한국 음식은 너무 짜고 맵고, 맛이 하나도 없네!" 이 말은 맞는 말일까요? 정말 한국 음식은 너무 짜고 맵고 맛이 없을까요? 그럼 떡국은? 김밥은? 잡채는? 갈비는? 냉면은? 저는 감히 이렇게 말하겠습니다. 한국 소설은 한국 음식만큼 다채롭다고.

그런데, 한국 소설에 어떤 맛이 있는지조차 모르시겠다고요? 그럼 소설가 장강명 씨에게 물어보세요. 장강명의 《한국 소설이 좋아서》가 있잖아요!

Q. 작가님 인생에서 가장 인상 깊게 읽은 책은 무엇인가요? 각각 구체적인 이유는 무엇입니까?

A. 제 인생의 책들은 제 문학을 만들어준 책들입니다. 예를 들면, 《여러분, 이거 다 거짓말인 거 아시죠?》의 아버지는 한나 아렌트의 《인간의 조건》이라고 할 수 있습니다. (아렌트에게는 죄송한 일이지만요.) 아렌트는 '비타 악티바 Vita Activa'라는 활동적인 삶을 위해서는 '돈을 버는 노동 labour' '돈과는 상관없는 창조적인 작업 work' '소통을 통해 이뤄지는 행위 action'를 조화롭게 해야 한다고 했고, 저 역

시 이에 동의해 '비타 악티바'적인 삶에 대해 늘 고민해왔습니다. 그것이 물질적, 정신적, 관계적으로 무난한 삶을 살 수 있는 유일한 방법이라고 믿었기 때문입니다. 요즘 유행하는 말을 빌리자면, '자괴감' 없이 '자존감' 높게 사는 방법이겠지요.

그런데 어느 날, 다른 방식으로 '비타 악티바'의 삶을 사는 존재, 즉 제 소설의 주인공을 만나게 되었습니다. 노동, 작업, 행위 모두 '재물'만을 위해 실천하는 삶, '비타 악티바'를 행하는 사람이요. 그래서 그런 인간(혹은 동물)에 대해 써보기로 결심했습니다. 결국, 아렌트는 《인간의 조건》을 통해 제 자신과 제 소설 속 특별한 주인공에 대해 다시 고민하게 해준 책입니다. 삶 안팎으로, 제 문학 안팎으로 큰 영감을 준 책입니다.

또 대학교 때, 민음사의 세계문학 시리즈를 읽다가 이상한 책을 한 권 발견했습니다. 표지 그림이 없는 책이었죠. 제롬 데이비드 샐린저의 《호밀밭의 파수꾼》이었어요. 그 전에 이름을 들어본 적 있었지만, 전혀 관심 없던 작품이었죠. 그런데 제목을 곱씹어보니 정말 이상하더라고요. 도

대체 어떤 책이기에 제목에 ‘호밀밭’이 나오고, ‘파수꾼’까지 나오지? 책 겉면에 제목이나 내용에 관한 마땅한 설명도 없었어요. 심훈의 《상록수》 같은 소설이 아닐까, 혼자 상상하며 읽기 시작했어요.

물론, 홀든 콜필드는 박동혁과는 완전히 다른 인물이었어요. 홀든은 아직도 어딘가에 살아 있을 것 같았어요. 뉴욕 어딘가에서 빨간 모자를 쓰고 투덜거리면서 순수함을 찾아 헤매고 있을 것 같았죠. 나중에 뉴욕이 아닌 다른 곳에서 홀든을 만날 수 있었죠. 〈공각기동대〉, 〈사우스파크〉 같은 곳에서요.

언젠가 필력이 넘쳐흐르면 멋진 성장소설을 써보고 싶었습니다. 차마 ‘《호밀밭의 파수꾼》 같은’이라는 표현은 못 하겠네요. 순수하고 찌질한 외톨이 이야기이면서 제목으로 도무지 내용을 알아차릴 수 없는 그런 작품. 그렇게 태어난 작품이 《알루미늄 오이》입니다. 말하고 나니 몹시 부끄럽지만.

북토크 행사 때 이런 질문을 받은 적이 있습니다.

— 작가님이 가장 좋아하는 작품은 무엇……

저는 그 질문이 끝나기도 전에 니콜라이 고골의 〈코〉라고 대답했어요. 저를 러시아로 이끈 작가도 고골이었고요. 언젠가 오마주를 하고 싶었어요. 물론, 패러디와 함께. 그렇게 해서 쓰게 된 작품이 《Y씨의 거세에 관한 잡스러운 기록지》입니다. 제 작품의 주인공도 코가 없어요.

《Y씨의 거세에 관한 잡스러운 기록지》는 학창 시절부터 애정해온 세 작품의 독후감 같은 것입니다. 아주 노골적이고, 직접적으로 그런 애정을 보여주고 있죠. (물론 저만의 방식으로.) 가브리엘 마르케스의 《백년 동안의 고독》, 프란츠 카프카의 〈변신〉, 그리고 니콜라이 고골의 〈코〉. 제 삶에서 가장 재미있었던 작품 셋이라고나 할까요? 독자 강병융을 가장 행복하게 해줬던, 지금까지도 그렇게 해주고 있는 작품들. 그리고 작가 강병융이 가장 써보고 싶은 작품을 '미리' 썼던 작가들. 그래서 지금은 그저 배우고 따르고 싶은.

아르헨티나의 부에노스아이레스에 간 적이 있어요. 보

고 즐길 것이 많았던 그곳에서 제일 먼저, 가장 오래 한 일은 보르헤스의 흔적 위에 서 있는 것이었어요. 그가 살았던 곳, 일했던 곳, 걸었던 곳, 차를 마셨던 곳, 그의 이름이 남아 있는 곳, 그의 사진이 붙어 있는 곳들을 찾아다녔어요. 그야말로 환상적으로 행복했던 시간이었죠.

한 명의 죽은 작가를 살려 그의 모국어로 완벽하게 대화할 기회를 준다면, 저는 호르헤 프란시스코 이시도로 루이스 보르헤스를 부활시켜 아르헨티나 말로 그와 대화를 나누고 싶어요. 대화까지는 바라지 않을게요. 그저 그의 말을 직접 듣고 싶어요. 그의 단편들을 사랑하거든요. 《불한당들의 세계사》, 《알렙》, 《칼잡이들의 이야기》, 《셰익스피어의 기억》, 《픽션들》은 멈추고 생각하고 다시 읽게 만드는, 그래서 다시 멈추고 생각하고 '공부'하게 만드는 작품들입니다. 그리고 《상상 동물 이야기》도 빼놓을 수 없죠.

보르헤스를 처음 만났던 20대 때 철모르고 무식하고도 용감하게, 제 방식대로 보르헤스를 따라 해본 것들의 결과물이 《상상 인간 이야기》였습니다. (제목에서부터 느낌이 오시죠?) 지금 생각하면, 사실 그때에도 부끄럽기 짝이 없는 시도였음을 부인할 수 없지만, 그럼에도 감추고 싶진 않습니다.

*

'서재도 없는 명사의 서재' 이야기는 이렇게 끝났다. 나는 앞서 말한 대로, 지금도 내 옆에, 내 근처에 놓인 책들을 읽고 있다.

개인의 독서가 개인의 역사라고 믿는다. 그러니 내가 읽은 책들은 나의 역사다. 그리고 앞으로 읽을 책들이 나의 남은 역사를 만들 것이다. 멋진 서재에 앉아 새로운 역사를 이뤘으면 좋겠지만, 그렇지 않아도 상관없다. 역사는 작은 곳, 척박한 곳으로부터 멋지게 피어오르는 경우도 많지 않은가?

아버지의 서재

나는 가난해서 서재 하나 없지만, 아버지에게는 서재가 있다. 결혼하기 전에 내가 머물던 방이 아버지의 서재가 되었다. 한국에 가면 주로 아버지 댁에 머무는데, 그때 가끔 그곳에 들어간다. 무엇보다도 아버지의 서재를 좋아한다.

아버지는 보통 새벽 4시에 일어나신다. 내가 잠자리에 들 무렵, 아버지는 하루를 시작하신다. 그리고 아버지의 이른 하루는 서재에서 시작된다.

*

어둠과 함께 하루가 시작되면, 우선 그는 서재에 앉아

컴퓨터의 전원 버튼을 누른 후, 요란한 소리를 한참 들은 후에야 바탕화면을 볼 수 있다. 컴퓨터가 켜지면, 그는 포털사이트를 열어 신문을 읽는다. 컴퓨터 박물관에서나 볼 수 있을 법한, 모니터의 뒷면이 과하게 불룩한 컴퓨터에 앞에 앉아 있는 그의 모습은 꽤 진지하다.

새벽 신문을 읽은 후, 그는 영어 공부를 시작한다. 그는 수년째 구청에서 운영하는 영어 교실에 다닌다. 거기서 배운 것들을 천천히 읽으며 컴퓨터로 옮겨 적는다. 그가 자판을 칠 때 나는 소리와 영어로 된 문장들을 천천히 읽는 소리를 동시에 듣고 있으면, 정확한 이유는 떠오르지 않지만 익숙하다는 느낌이 든다. 경상도 사투리 위에 올려진 그의 영어 억양과 독수리 타법으로 불규칙하게 꾹꾹 눌러 칠 때 들리는 키보드의 타격음, 그 투박한 소리 때문이라고 생각한다.

언젠가 그는 나의 딸에게 이렇게 말한 적이 있다.

— 외국에 사는 손녀가 혹시 한국어를 잊어버리면, 내가 영어라도 해야 서로 소통할 수 있지 않겠냐? 그래서 이렇게 영어를 배운다. Do you understand?

어린 시절, 나와 함께 한국어로 책까지 썼던 딸이 한국어를 잊게 될 거라고 상상도 한 적 없지만, 그가 그렇게 말했을 때 나도 딸도 반박하지 않았다. 그냥 우리는 그를 꽤 귀여운 구석이 있는 사람이라고 생각했을 뿐이다.

그는 새벽 시간에 신문을 읽고 영어 공부를 한 뒤, 아침 운동을 하러 나간다. 은퇴 이후 비가 오나, 눈이 오나, 바람이 부나, 심지어 술을 마신 다음 날에도 이 루틴을 깨지 않은 그를 나는 존경하지 않을 수 없다. 그는 서재에서 나와 운동하러 나가면서 이런 말을 남기곤 한다.

— 오래 사는 것이 중요한 게 아니야, 건강하게 살아야지. 하루를 살더라도.

그렇게 서재를 떠난 그는 다시 서재로 돌아가지 않는다. 적어도 내가 아는 한 그는 오로지 새벽에만 서재에 머문다. 그 외의 시간이면 서재는 비어 있다.

내가 대학 시절에 사용했던 책장과 책상은 새벽이 될 때까지 역할 없이 그 자리에 놓여 있고, 심지어 내가 젊은 시절 모아두었던 《말》, 《키노》와 같은 잡지도 수십 년간 움직이지 않고 같은 자리를 차지하고 있다. 딸이 아가 시절 읽던 그림책들도 항상 같은 자리에 차곡히 쌓여 있다. 여러 세대의 흔적들이 변함없이 남아 있는 그곳을 좋아한다.

*

거의 20년 전, 내가 유학 중이던 그 시절에도 아버지의 서재는 지금과 별반 다르지 않았다. 방학 때 한국에 들어오면 아버지 댁에 머물렀고, 무선인터넷이 흔치 않았던 시절이라 시재에서 아버지의 오래된 컴퓨터를 쓰곤 했다. 대학원 시절에도 내가 앉아서 공부했던 자리에 앉아, 그때와 다름없이 생활에 도움 되지 않는 글들을 읽거나 썼다.

그러다 어느 날, 서재에서 무언가를 발견했다. 아버지의 책장 서랍 안에서 신문 몇 장을 발견한 것이다. 일부러 모아두신 것이 분명했다. 가지런히 접혀 있었고, 같은 날짜의 신문이 몇 장씩 있었다. 읽지 않은 신문들이었다. 조선일보, 한국일보, 중앙일보. 조선일보야 집에서 보는 신문이니 그 안에 있을 법했지만, 한국일보와 중앙일보는 일부러 아버지가 사신 듯했다. 궁금증이 생겨 펼쳐 보니, 나도 가지고 있지 않은 나의 소설에 관한 기사들이 실려 있는 신문들이었다.

아버지는 내가 문학 공부를 하겠다고 했을 때 크게 반대하셨다. 그리고 그 자세를 한결같이 유지하셨다. 고등학교 시절 영화 공부를 한다고 할 때보다 대학에 들어가 문학 공부를 하겠다고 했을 때, 더 거세게 반대하셨다. 소설을 쓰기 위해 대학원에 진학하겠다고 했을 때도, 한국에서 박사과정을 마치고 문학 공부를 하기 위해 유학을 떠날 때도 반대하셨다. 아들이 하는 일이니 막지는 않겠지만, 네 인생이니 알아서 하라셨지만, 문학이 나의 삶을 힘들게 할 거라고 예언하셨다.

그런 아버지가 그 오래된 서재에, 아들이 문학 공부를 했던 그 책상의 서랍 구석에, 아들의 책에 관한 이야기가 담긴 신문들을 차곡차곡 모아두고 계셨던 것이다. 나는 아버지가 모아둔 신문을 모른 척했다. 대신, 언젠가 아버지가 내 문학의 일부가 되는 상상을 했다.

2013년 유학을 마치고, 한국으로 돌아와 《알루미늄 오이》라는 소설을 썼다. 나와 비슷한 한 소년과 그의 아버지, 어머니에 관한 이야기였다. 나는 그 책의 가장 첫 장에 아버지와 어머니의 이름을 새겼다. 아버지는 내게 한번도 내색하지 않으셨지만, 그 이름을 보시고 웃으셨을 것이다. 운이 좋게도 그 소설은 브라질, 러시아에도 출간되었다. 심지어 포르투갈어판에는 아버지의 이름과 어머니의 이름도 그대로 번역되어 독자들을 만나고 있다.

*

나는 가난해서 서재 하나 없지만, 아버지에게는 서재가 있다. 정말 다행이다. 나는 아버지의 그 오래된 서재에서 문학의 전환점을 만났다. 그리고, 서재가 없어 문학을 하지 못한다는 말이 거짓임을 입증했다. 하지만 아버지의 서재가 없었다면, 나는 벌써 문학을 포기했을지도 모른다. 아니, 아버지가 안 계셨다면, 그랬을지도 모른다.

이제는
떠난 고양이

몇 해 전 여름, 지금 살고 있는 집으로 이사 왔다.

류블랴나강 근처에 위치한 오래된 아파트 단지로, 1980년대에 만들어졌으니 슬로베니아가 생기기도 전, 유고슬라비아 시절에 만들어진 아파트다. 오래되긴 했지만, 아파트 단지는 슬로베니아답게 전반적으로 깨끗하게 잘 정돈되어 있다. 오래된 주거지라 안정적인 느낌을 주고, 무엇보다도 류블랴나강 바로 옆이라 걷기에 더없이 좋은 곳이다. 이웃 사람들도 허물없이 먼저 인사를 건넸고, 친절하고 상냥했다. 시내에서 우리 가족을 발견하면, 달리던 자전거의 속도를 늦추고 인사를 건넬 줄 아는 사람들이다. 인사로 행복을 만들어줄 줄 아는 인품의 소유자들.

단지 내 건물과 건물 사이의 간격이 넓어 답답함이 적

다. 그사이에는 바람도 햇볕도 늘 그득하다. 건물 사이에 깔린 푸른 잔디를 보고 있으면 눈이 좋아지는 느낌이 든다. 집에 오는 길에 인적이 드문 골목을 걷고 있으면 내가 아주 작았던 시절이 떠오른다. 작은 나에게 그 시절 서울에서 살았던 아파트 단지는 크게 느껴졌다. 건물도 컸고, 건물 사이의 길들도 넓었다. 여전히 부모님은 그곳에 살고 계신데, 다 커버린 내게 그 단지는 어둡고, 작고, 답답하다. 심지어 보기 싫은 회색이다.

그래서 지금 살고 있는 이곳은 아주 오래 살았던 것 같은 착각과 아주 오래오래 살게 될 것 같다는 착각을 함께 안긴다. 이 소중함을 기억하기 위해 단편소설의 배경으로 우리 동네, 슬로베니아 류블랴나의 오래된 아파트 단지를 쓰기도 했다.

우리가 지금 사는 곳은 1층인데, 이사 오기 전에는 발코니가 없는 북향집에 살았기 때문에 발코니가 있는 남향에 작은 정원까지 딸린 이곳은 우리 가족에게 큰 선물이다. 햇볕이 좋은 날, 빨래를 널면서 나도 모르게 행복하다는 말이 입 밖으로 나오는 곳이다. 아내도 발코니에서 예

1층 우리 집 발코니는 여름이 되면 푸름이 차오른다.

전에는 전혀 하지 않았던 맨손체조를 하며 여기서 계속 살면 더 건강해질 것 같다고 너스레를 떨게 하는 곳. 가끔 없는 친구라도 불러 발코니에 앉아 함께 맥주를 마시고 싶은 곳. 우리는 그런 곳으로 이사해 행복을 만끽하고 있었다. 또 아내는 정원에 핀 장미꽃을 찍어 SNS에 올린 뒤, 장미보다 밝게 웃기도 했다. 누가 먼저라 할 것도 없이 가족들은 현관문 대신, 정원에 딸린 작고 다정한 나무 문으로 드나들기 시작했고, 시키지 않아도 자발적으로 아침마다 발코니와 정원을 청소하기 시작했다.

*

새로 이사 온 집에서 맞은 첫 번째 여름이 평화롭게 흘러가는 것 같았다. 그런데 여름의 끝자락에, 뜨겁지만 습하지 않아 하나도 끈적이지 않으며 그늘에 앉아 있으면 절로 나른함에 빠져들기 좋은 어느 오후에 모든 평화를 깨는 생명체가 등장했다. 그것도 우리의 작지만 확실한 행복의 성지인 바로 그 발코니에 말이다. 생명체를 발견한 나는 다소 과하게 소리를 질렀다.

— 으악! 고양이다!

놀란 아내와 딸이 방에서 뛰어나왔다. 그들의 얼굴엔 나의 비명을 전혀 이해하지 못하겠다는 표정이 묻어났다. '으악'보다는 '고양이'라는 단어 때문에 뛰어나온 것 같았다.

— 설마, 고양이를 봤다고 그렇게 소리를 지른 거야?

나는 고개를 끄덕였다. 하지만 정작 주인공인 고양이는 고양이답게 아주 시큰둥한 표정이었다. 고양이는 나 따위가 지른 고함에는 아랑곳하지 않았다. 심지어 내 쪽으로 눈길도 주지 않았다.

웬 고양이가 평화로운 우리의 영역에 침입했다. 이것은 분명 우리 가족의 큰 위기임이 분명하다. 내 생각을 가족들에게 설명했지만, 반응은 싸늘했다. 긴급 대책을 세울 필요가 있다고 떠들었지만 아내도, 딸도 내 쪽으론 눈길도 주지 않았다. 아내는 나무 그늘 밑에 늘어져 있는 고양이를 발견하곤 너무 귀엽다는 말만 연신 쏟아냈다. 그리고 이렇게 말했다.

요즘도 우리 집 발코니에 고양이들이 가끔 놀러 온다.

— 여보, 대책이 필요한 사람은 바로 당신 같은데.

내 생각에도 그런 것 같긴 했다. 움직이지도 않고 완전히 너부러져 나른한 오후를 만끽하던 고양이를 보곤 떨고 있는 나 자신을 발견했기 때문이다. 나는 무서웠던 것이다. 무서워서 근처에도 가지 못하고 떨고 있었던 것이다. 원래 인간을 뺀 거의 모든 생명체를 무서워했던 나였다. 잘 정돈된 콘크리트 속에 살면서 내가 거의 모든 생명체를 무서워했다는 사실을 잊고 있었던 것이다.

내가 만난 생명체들은 벌레와 같은 정말 작은 것, 혹은 다른 사람들과 함께 산책하는 개가 고작이었다. 벌레는 너무 작아 무섭지 않았고, 개는 줄에 묶여 있으니 안전하다고 생각했던 것이다. 그리고 개중에는 귀여운 녀석도 많았다. 그런데, 소속이 없는 고양이는 좀 달랐다.

그날 저녁, 난 용기 내서 가족들에게 고백했다. 사실 고양이가 너무 무섭다고. 제발 고양이가 우리 정원에 안 들어왔으면 좋겠다고. 아내와 딸은 웃으며, 한번 우리 정원에 들어왔으니 앞으로도 올 것 같다고 했다. 그리고 또 웃었다. 첫 번째 웃음에서 그들만의 행복을, 두 번째 웃음에서 나를 향한 놀림을 느낄 수 있었다. 어쩌면 우리가 이사오기 전부터 이 집을 드나들던 고양이일지도 모른다고 했다. 아름다운 우리 발코니가 고양이의 산책 길이었다는 말이다. 그 말을 듣자 더 무서워졌다.

— 설마 집 안으로 들어오는 건 아니겠지?

나는 진심으로 걱정했다. 다행스럽게도 그 고양이가 집 안까지 들어오진 않았다. 하지만 불행스럽게도 거의 매일 정원 혹은 발코니에서 자거나 놀았다. 어슬렁거리며 산책을 즐겼다. 그늘에서 낮잠을 자기도 하고, 잔디에서 뒹굴기도 하고, 발코니에 있는 식탁 의자 방석 위에 앉아 하품까지 했다.

고양이가 발코니의 주요 거점을 선점하고 있으면, 나는 무서움에 고양이를 피해서 다니거나 아예 그쪽으로 나가지 않았다. 아내와 딸은 놀러 온 고양이와 함께 즐거운 시간을 보내는 것 같았다. 나는 그들을 보며 호들갑을 떨었다. 고양이와 만나고 오면 당장 샤워하라고 했고, 손 세정제까지 사서 청결에 각별히 신경을 써야 한다는 평소답지 않은 주장도 했다. 알 수 없는 고양이 전염병을 조심해야 한다는 충고 같지 않은 충고도 했다. 물론, 아내와 딸은 나의 이야기에 관심이 전혀 없는 것 같았다.

그런데 나중에 알고 보니, 고양이는 한 마리가 아니었다. 단지에는 검은 고양이, 흰 고양이, 얼룩 고양이가 살고 있었다. 무려 세 마리. 이웃집 할머니의 말에 의하면, 고양이들은 우리 가족과는 비교할 수 없을 정도로 예전부터 이 아파트 단지에 살고 있었으며, 단지 주민들이 돌아가면서 밥도 주고 놀아준다고 했다. 그러니 그들은 단지 소속 고양이들이었던 것이다. '유고(슬라비아 때부터 살고 있던) 캣'들이었던 것이다.

모든 이웃이 고양이에게 상냥하게 인사했고 정해진 시간, 정해진 장소에 식사까지 준비해준다고 한다. 심지어 검은 고양이는 예쁜 집까지 있었는데 언제부터인가 자기 집을 비워둔 채 자꾸 우리 집 정원과 발코니에서 시간을 보내기 시작했다고 한다. 그러니까 우리가 이사 오기 전부터 고양이는 자신의 터전을 옮겼다는 말이다. 그래서 이웃들도 검은 고양이의 놀이터에 우리가 산다는 것을 알게 되었고, 가끔 고양이의 안부를 딸이나 아내에게 묻는 사람들도 생겨났다.

잘은 모르겠지만, 고양이들의 논리에 따르면 우리가 고양이 놀이터로 이사 온 셈이었다. 이쯤 되니, 나 역시 포기라는 것을 해야 했다. 고양이가 떠날 기미를 전혀 보이지 않았기 때문이다. 나는 딸에게 큰 용기를 내서 이렇게 말했다.

— 나아지겠지. 함께 살아야지, 하하하.

그 당시 나의 웃음이 진실이었는지 아니었는지 기억이 나지 않지만, 그 후로 조금씩 용감해진 것은 분명하다. 발코니에서 고양이가 자고 있을 때도, 조용히 그 앞을 지나갈 수 있게 되었다. 물론 까치발을 하고 가긴 했지만. 나중엔 발코니의 고양이를 바라보면서 거실에서 음악을 듣거나 책을 읽을 수도 있었다. 고양이가 묘하게 귀여운 행동을 할 때 카메라로 담아보려고 했지만, 쉽지 않다는 것을 깨닫게도 되었다. 가끔 고양이가 보이지 않으면 안부가 궁금해지기도 했다. 심지어 맛있는 것을 먹을 때, 혹시 이거 고양이도 좋아할까 딸에게 묻기도 했다.

아내와 딸이 고양이랑 놀고 있을 때, 그 모습이 궁금해서 조심스레 접근한 적도 있다. 무서워서 감히 가까이는 가지 못했지만, 먼발치에서 보고 있으니 절로 흐뭇해졌다. 아마도, 그때 아빠 미소 비슷한 것을 지었던 듯하다. 내가 흐뭇한 표정으로 지켜보고 있는 것을 눈치챈 딸이 이렇게 말했다.

— 무섭다면서 힐끔거리시긴.

그 말은 들은 나는 고양이처럼 웃으며 머리를 긁적였다. 정말 나아지고 있었다. 그래서 무난하게 계속 함께 살 수 있을 것만 같았다. 딸에게도 그렇게 말했다.

— 점점 나아지고 있어! 이 정도라면 같이 살 수 있을 것 같은데.

그러자 딸은 이렇게 반응했다.

— 그럼, 고양이를 이기는 사람은 없으니까!

그리고 수개월이 흘렀다. 나는 좀 더 가까이서 고양이를 볼 수 있게 되었고 검은 고양이는 물론, 길에서 만난 다른 고양이들에게도 조금 더 관심을 갖기 시작했다.

*

어느 날부터인가 고양이가 오지 않았다. 보이지 않았다. 처음에는 계절 탓인가 싶었다. 날씨가 추워져서 집으로 갔나 했지만, 고양이 집에도 보이지 않았다. 딸이 고양이 통조림이라도 사서 기다리자고 이야기했다. 그래도 몇 주간 고양이는 오지 않았고, 아파트 주민들은 고양이의 집을 치웠다. 나는 조금씩 무서워졌다. 그리고 얼마 뒤, 고양이가 세상을 떠났다는 소식을 들었다. 기분이 정말 묘했다. 우리가 키웠던 고양이도 아니고, 심지어 무서워서 가까이 가지도 못했으면서 떠났다는 말을 들으니 마음 한구석이 휑했다. 그 구멍으로 어떤 센 바람이 부는 것 같았다. 아직도 가끔 그 바람이 느껴진다.

고양이가 떠난 지 꽤 오래되었지만, 가끔 발코니에 앉아 고양이를 생각한다. 딸은 아직도 이웃 할머니와 고양이에 대한 이야기를 나눈다. 걷다가 밖에서 고양이를 마주치면, 잠시 서서 가깝지도 멀지도 않은 존재의 떠남을 생각한다. 마음을 열지 말지 결정하기도 전에, 어느새 끊어져버린 인연에 대하여 생각한다. 그리고 이런 이별 뒤, 내가 할 수 있는 건 무엇인지에 대해 생각한다. 떠난 '우리' 고양이에 대해 생각한다.

나가지 말고,
감자전

전 세계가 염병으로 고생하기 전, 많이도 싸돌아다녔다. 유럽의 각국은 물론이고, 아시아까지 가서 문학에 대해 떠들었다. 겁도, 준비도 없이 남미를 여행했고, 어느 해에는 브리질에 가서 한국 작가를 내표하는 호사까지 누렸다. 하지만 염병으로 하늘길, 땅길, 바닷길이 모두 막혀 나갈 수 없는 처지가 되어버렸다. 잡혀 있던 특강과 행사 들은 취소되거나 무기한 연기되었다.

*

고국인 한국에도, 살고 있는 슬로베니아에도 쉬지 않고 비가 왔던 시절, 나는 놓친 특별한 기회들에 대해 푸념 아닌 푸념을 늘어놓고 있었다. 아내는 그 하찮은 푸념에 장단을 맞춰주었다.

— 루마니아, 드라큘라의 나라! 아니, 에우젠 이오네스쿠의 나라라고 하는 편이 더 낫겠다. 그로테스크와 공포, 초현실적인 유머로 드라마 문학의 수준을 한 단계 높인 작가! 하지만 이오네스쿠의 나라라고 해도 특별한 것이 있겠어? 다를 게 뭐야? 유럽이 유럽이고, 루마니아가 루마니아지. 루마니아는 벌써 몇 번이나 가봤잖아.

아내는 놀라며 이오네스코는 프랑스 작가 아니냐고 물었고, 나는 놀랐지만 태연한 척 이렇게 말을 이었다.

— 루마니아에서 태어났어. 그래서 내가 일부러 '이오네스쿠'라고 루마니아식으로 발음했잖아. 암튼, 난 루마니아에는 여러 번 가봤다고. 그래서 관심이 없어! 거기서 특강도 했었고, 세미나 참석차 방문한 적도 있었고, 한국어 말하기 대회에 심사하러 간 적도 있었지. 최근에 간 게 재작년인가? 클루지나포카Cluj-Napoca에 있는 서점에 갔었는데.

모르는 문자가 가득한 작은 서점들을 좋아한다. 예를 들면, 루마니아 클루지나포카 시내에 있는 리브라리움 같은 곳.

루마니아에 내 책이 나온 건 아니었으니까 솔직히 나를 보러 온 독자들이라고 하긴 좀 그렇고, 한국문학에 관심 있는 루마니아 독자들을 만났다고 하는 편이 맞겠네.

서점 이름이 리브라리움Librarium이었는데, 시내에 위치한 아담하고 예쁜 이 층짜리 서점이었어. 영화나 드라마의 배경이어도 전혀 이상하지 않을 곳이었지. 파리에 셰익스피어 앤드 컴퍼니Shakespeare and Company가 있다면, 클루지나포카에는 리브라리움이 있다! 리브라리움이 라틴어로 '서가'라는 뜻이거든. 그래서인지 고풍스럽고 아름다운 서가들이 인상적이었어. 내가 읽을 수 없는 책들에 둘러싸여 내가 읽은 책들을 이야기하는데, 뭔가 대단한 사람이 된 기분이 들긴 했어.

클루지나포카, 느낌이 좋은 도시지. 인구가 40만 명이 넘는데, 대학 도시라서 젊고 활기차고 밝은 기운이 넘쳐. 이번에 가려고 했던 곳이 거긴 아니지만 다 비슷하지 않을까? 서울하고 부산처럼 다른 거 아니냐고? 몰라! 암튼, 원래 계획대로였다면 루마니아의 수도 부쿠레슈티Bucharest에는 지난달에 이미 갔다 왔겠지. 6월 15일에 비행기를 타서(15일이 아마 월요일이었을 거야), 그 주 목요일에 돌아

올 생각이었어. 한 도시에 머물기에 딱 좋은 시간이야. 특강은 아니었고, 워크숍이라고 해야 하나? 그 책 기억나? 《여러분, 이거 다 거짓말인 거 아시죠?》. 맞아, 단편집. 거기에 〈그리지 못해 쓴 이야기〉라는 단편이 실려 있거든. 그 작품들을 루마니아 대학원생들이 번역하고 있대. 정말이야! 그것도 부쿠레슈티대학교 대학원생들이 말이야. 심지어 재미있게 읽었다는 거짓말 같은 이야기도 들었어. 계획대로였다면, 젊은 루마니아 번역가들을 만나 내 작품에 대해 이야기도 나누고, 번역하기 난해했던 부분이 있었다면 도움을 좀 주려고 했었지. 실제로 도움이 됐을지는 모르겠지만.

당시 루마니아 학생들이 내 작품으로 번역 워크숍을 진행 중이었고, 나는 젊은 번역가들을 만날 생각에 들떠 있었다. 심지어 루마니아에는 만나고 싶은 친구들도 있어서 그 마음이 더욱 설렜는데……. 아내는 아쉬움도, 걱정도 다 이해한다는 표정을 지었다. 비는 여전히 오고 있었고, 나는 더 떠들고 싶어졌다. 그 마음을 읽은 아내가 브라질에 대해 물었다.

— 브라질에는 작년에도 갔어. 한-브라질 수교 60주년 행사 때문에 갔잖아. 리우데자네이루Rio de Janeiro, 브라질리아Brasília, 상파울루Sao Paulo 이렇게 세 도시나 들렀지. 나라가 워낙 크니까 이동은 다 비행기로 했고. 시인 김기택 선생님, 소설가 박민규 선생님, 그리고 번역원 직원들과 함께 갔었는데 '정말정말정말' 좋았어. 맞아! '정말'을 최소한 세 번 반복해야 할 만큼! 구세주 그리스도상 앞에서, 정확히 말하자면 그 아래서 찍은 사진 기억나지? 내가 보여줬잖아. 다시 보여줄게, 이 사진. 봐봐, 다들 표정이 너무 좋지? 행복했는데.

특히 내 얼굴이 바보스럽게 나온 사진을 보여주며, 나는 크게 웃어버렸다. 그때가 생각났기 때문이다. 아내는 미소를 지었다.

— 작년에 브라질에서 작가 행세하고 돌아다니는 동안 이런 생각을 했었어. 내가 정말 이런 분들과 같이 다녀도 되나? 내가 이런 대접을 받아도 되나? 한국문학을 대표하는 작가 중 하나인 척하고 다녀도 되나? 내가 뭐라고! 물

브라질리아에 다녀온 감흥을 표현해야 한다면, 20세기에 우리가 상상했던 21세기를 다녀온 것 같다고나 할까?

론 다니는 동안에는 최대한 아무렇지도 않은 척했지만, 다 보였을 거야.

남미는 유럽과 완전히 달라. 4년 전인가, 남미 여행했었잖아. 두 달 정도 있었나? 그런데 그때 브라질은 제대로 못 봤지. 그 대신 페루, 칠레, 아르헨티나, 볼리비아, 파라과이를 돌아다녔지……. 그때도 너무 좋았는데. 우유니 사막도 기억난다. 암튼, 브라질은 또 달라.

세 도시 중에 어디가 제일 좋았냐고? 그거 정말 쉽지 않은데. 개인적으로는 브라질리아가 가장 좋았어. 아니 제일 특별했어. 거긴 다른 나라가 아닌, 다른 행성 같다고나 할까? 오스카 니마이어라는 건축가가 브라질리아의 중요한 건물들을 다 만들었는데(뉴욕 UN본부도 니마이어가 설계한 건물이지), 니마이어의 건물들을 보고 있으면 그로테스크하면서도 압도적인 웅장미가 느껴지거든. 명화가 아닌 건물에서 그런 아우라aura를 느낀 건 처음이었어. 그런 거 있잖아, 루브르Louvre에서 '진짜' 모나리자를 직접 봤을 때 짝 느껴지는 감동. 뭐? 루브르의 모나리자가 진짜가 아니라고?

암튼, '진짜'에서만 느껴지는 감동이 니마이어의 건물에서 팍팍 느껴진다니까! 브라질의 의회 건물이 대표적인데, 그 앞에 서 있으면 현실의 프레임 밖에 서 있는 것 같고 그래. 브라질리아의 건물들은 정말 대단해. 그런 계획도시를 1950년대에 만들기 시작했다는 것도 놀랍고. 심지어 브라질리아와 같은 도시를 만들어야겠다는 발상은 1800년대부터 있었다고 하더라.

그 신비로운 도시에도 한국문학을 좋아하는 젊은이들이 꽤 많아. 그 또한 신비로운 일이지. 브라질리아대학교에 가서 특강을 했는데, 정말 아이돌이 된 줄 알았다니까. 농담이 아니야. 학생들이 한마디 한마디 얼마나 집중해서 듣던지. 리액션노 거의 콘서트 수준이었다니까. 질문도 너무 진지했고. 정말이라고!

내 소설을 읽은 독자들도 많았어. 니마이어의 건물처럼 비현실적인 감흥이 느껴지는 순간이었다니깐. 아무 일도 없었다면, 다음 달 초에 출국이지. 4주 정도의 일정이었는데, 브라질리아에 주로 머물 계획이었어. 브라질리아에 국립작가협회가 있거든. 거기랑 브라질리아대학교, 한국의 문화예술위원회에서 도와주기로 했던 거야. 예술가 해외 레지던스 사업이라고 하나? 예술가들이 외국에 일정 기간 살면서 작품 활동을 할 수 있도록 돕는 프로그램. 못 가서 아쉽냐고? 조금 아쉽긴 하지. 근데, 가도 그만 안 가도 그만이라고 믿어야지. 작년에 갔다 온 것을 감사히 여기면서.

그렇게 아내와 함께 남미 걱정을 한참 했다. 걱정이 세상을 구할 순 없지만, 우리에겐 확실히 도움이 되었다. 긴 걱정 끝에 만난 결론은 그래도 '우리는 별일 없어 다행이다' '모든 것이 더 나아질 것이다'였다. 미안하고 부끄러운 결론이지만, 솔직하고 다행스러운 결론이기도 했다. 아쉬움이 남아 남미에 대해 더 이야기하다, 러시아로 화제를 바꿨다.

— 러시아에서는 독후감 대회를 한다고 하더라고. 모스크바에서 동쪽으로 한 800킬로미터 정도 가면, 카잔Kazan이라는 도시가 나오거든. 나도 안 가봐서 어떤 느낌의 도시인지는 사실 모르고, 이슬람교를 믿는 타타르인이 많은 지역이라고 들었어. 러시아 사람들에게도 이국적인 곳이라고 해야 하나? 레프 톨스토이가 카잔연방대학교에서 법학 공부를 했던 것으로 유명하지. 졸업은 못 했지만. 레닌

도 법학과에 적을 뒀었대. 그러고 보니 둘 다 졸업을 못 했네. 암튼, 그 대학의 학생들이 내 소설을 읽고 독후감을 쓴대. 《나는 빅또르 최다》라고, 러시아의 전설적인 로커 빅토르 최 이야기를 모티브로 쓴 소설. 맞아, 왕따 주인공의 성장담. 그 작품이 포르투갈어와 러시아어로 번역되어 나왔잖아. 내 책을 외국 독자들이 읽는다고 생각하니 또 감동의 눈물이 나네.

그런데 이번에는 번역된 그 작품을 읽고 무려 독후감까지 쓰는 행사를 한다잖아. 내 작품을 읽고 그런 걸 한대. 그런데, 내가 바보처럼 주최 측에 이런 질문을 했지 뭐야. 굳이 왜 내 소설을 읽는 거냐고, 세상에 좋은 작품이 많을 텐데 내 작품까지 읽을 필요가 있냐고 따졌다니깐. 이상한 질문을 하고 얼마나 부끄럽던지. 지금도 죄송하고 창피해.

암튼, 이번 여름에 학생들이 내 작품을 읽고, 독후감을 써서 제출하면 10월 말에 시상식을 한대. 이 빌어먹을 전염병만 아니었다면, 시상식에 가서 내 작품을 읽어준 독자들을 만날 기회가 있었을 텐데. 당연히 못 가지. 러시아에 다녀오면 여기서 최소 2주는 자가 격리하고 있어야 해. 러시아도 하루 확진자가 수천 명이 넘거든. 거기 가서 독자

다양한 얼굴을 한 리우데자네이루를 좋아한다. 태양 아래 빛나는 코파카바나Copacabana 나 이파네마Ipanema 와 같은 해변도 좋지만, 밤 골목의 눅눅, 축축함도 매력적이다.

들을 만나는 것도 의미 있는 일이겠지만, 여기 남아서 독자들을 위해 다음 작품을 쓰는 것이 더 의미 있는 일이 아닐까?

아내는 당장은 힘들어도 긍정적으로 생각하면서 이겨내자고 했다. 나는 흔쾌히 동의했다. 사실, 아내의 말에 동의하는 것만큼 쉽고 옳은 일도 없다.

— 그럼! 더 좋은 작품을 쓰면, 또 그런 기회가 온다! 긍정적으로 생각하기! 작가 강병융의 문학 철학 1조잖아. "작품은 비관적이어도 괜찮지만, 작가는 항상 긍정적이어야 한다!" 어두운 미래를 생각하는 사람이 문학을 하기엔 어려운 시대잖아. 사실, 너무 아쉽긴 하지. 전염병 때문에 외국의 독자들을 만나는 것을 포기할 수밖에 없으니. 그보다 더 멋지고, 의미심장한 이유라도 있어야 할 것 같잖아.

가령 이런 거! 작품으로 독자를 만나는 작가가 진짜 작가다! 독자가 원하는 것은 작가가 아니라 작품이다! 뭐 이렇게라도 자위해보는 거지. 하긴, 러시아에 오래 살았잖아. 거기서 공부도 했고. 다시 간다고 더 볼 게 있겠어? 독자가 다 같은 독자지. 러시아 독자라고 한국 독자보다 더 특별할 이유는 없지. 근데, 걱정이 되긴 해. 혹시 시상식 때문에 사람들이 모이는 게 위험하진 않을지. 주최 측에서 만반의 준비를 하겠지만, 알면서도 불안해. 책을 읽고 느낌을 나누는 행사조차 조심해서 해야 하는 시절에 살고 있다는 사실 때문에 마음이 무겁네. 독후감 대회도 좋고, 그 대회에 내 작품이 선정돼서 더 많은 독자가 내 문학에 대해 알게 된다는 사실은 더없는 행복이지만, 지금은 그냥 이 지겨운 시절이 끝났으면 좋겠어. 카잔의 소중한 독자들이 내 작품을 영원히 모른다고 해도 좋아. 이 지겹고 무서운 코로나가 사라져버린다면 얼마나 좋을까?

러시아 이야기까지 들은 아내는 슬로베니아에만 있는 것이 답답하고 싫냐고 물었고, 나는 고개를 흔들었다. 그럴 리가 없다.

— 좋지! 답답하긴 뭐가 답답해. 소중한 것들은 다 여기 있는데. 여기에 가족 있지, 직장 있지, 내 책상도 있잖아.

다만 루마니아에 가서 젊은 번역가들도 만나고 싶었지.

기회가 되어서 연말에 갈 수 있다면 좋고말고. 내 작품을 어떤 방식으로 이해하고 해석해서, 어떻게 다시 써 내려가는지 너무 궁금하지.

브라질, 내가 좋아하는 도시에서 한 달 이상 집중해 글만 쓴다면 획기적인 작품이 나올지도 모른다는 기대가 없었던 건 아니야. 적어도 독특하고도 색다른 어떤 아이디어를 얻을 수 있을 거라 생각하긴 했지. 거긴 지구가 아니니깐. 하지만 생각은 거기서도, 여기서도 할 수 있어. 좋은 작품을 쓰는 건 장소가 아닌, 나 자신이잖아. 이 말 멋있지 않냐? 좋은 작품을 쓰는 건 장소가 아닌 나 자신이다.

러시아 독자들을 만날 수 있다면 정말 큰 힘이 될 거야. 언젠가 서문에도 썼잖아. 외국 낯선 도시의 한 서점에서 내 책을 들고 서서 읽는 외국인 독자들을 상상만 해도 흥분된다고. 지금 다시 상상해도 기분이 좋아지네. 그래도! 지금은 더 간절히 원하는 것이 따로 있어.

번역도 좋고, 해외 체류도 중요하고, 독자들도 소중하지만, 지금 당장 원하는 것은 간단하고 명확해! 문학이고 나발이고, 어서 이 지옥 같은 시절이 끝났으면 좋겠어. 나의 문학도 너무 소중하지만, 가능하다면 당장이라도 내 문학과 코로나 백신을 맞바꾸고 싶어. 어서 이 무섭고도 힘겨운 시절이 지나가길 바랄 뿐이야. 그때까지 건강하게 읽고 쓸 수 있다면, 더할 나위 없이 감사한 일이지. 정말 그 이상도, 그 이하도 바라지 않아. 딱 그만큼! 이 시절을 건강하게 잘 버틸 수 있길.

나뿐만 아니라 더 많은 사람이 (문학을 사랑하는 사람들, 그리고 문학을 사랑하지 않는 사람들도!) 어쩌면 그만큼을 바라는 것은 욕심이라고 생각할지도 몰라. 그래도 욕심을 내야지. 그리고 나는 앉아서 읽고 써야지. 오늘도 내 책상에 앉아 놓칠 수밖에 없었던 몇몇 멋진 기회들을 아쉬워하면서 또 무언가를 읽는 거지, 그리고 또 쓰는 거지. 쓰고 있으면, 아쉬움이 고마움으로 치환되거든. 한국도 좋고, 루마니아여도 좋고, 브라질, 러시아 어디라도 상관없어! 슬로베니아여도 좋고 말이야.

맞아! 작가는 어디에 있든, 혹은 어디에 없어도 작가인 거지. 나는 그렇게 믿어. 감자가 프렌치프라이에 들어가도, 감자전에 들어가도, 감자탕에 들어가도 그냥 감자인 것처럼. 앗, 감자탕의 감자는 그 감자가 아닌가? 암튼, 작가는 어디서든 그냥 작가야! 그나저나 벌써 점심시간이네.

비도 오는데, 말 나온 김에 감자전이나 부칠까? 막걸리가 없어 좀 아쉽긴 하지만.

*

내 문학을 희생하지 않았지만, 백신이 세상에 나왔다. 하지만 전염병의 시대는 여전하다. 그래도 혹은 그래서 나는 여전히 긍정적이다. 나를 만드는 것은 나라고 믿고 있다. 앞으로 더 힘든 세상이 도래해도 긍정적일 예정이다. 그것이 나의 본질이다. 시대가 바뀌어도, 세상이 바뀌어도, 전염병이 있어도, 혹은 없어도. 감사가 늘 삼자인 것처럼, 나는 나.

나를 멈추게 하는

— 도대체 책을 왜 읽어야 하는 겁니까?

작가이고, 번역가이고, 문학을 가르치는 교수이다 보니 이런 질문을 자주 받는 편이다.

— 작가님, 작가님, 도대체 책을 왜 읽어야 하는 것인지 모르겠어요.

약간 퉁명스러움이 깔린 불만을 들을 때도 있고,

— 교수님, 교수님, 독서가 그렇게 중요한가요? 우리는 왜 책을 읽어야 하죠?

진지한 의문을 표하는 사람들도 있다.

처음 그 질문을 받았을 때, 말이 나오지 않았고 생각도 잠시 멈췄다. 도대체 우리는 왜 책을 읽어야 하는 것일까? 일단 스스로 물을 수밖에 없었다. 내 안에서 답을 찾을 수 없다면, 밖으로 내뱉어도 안 되는 법이니. 도대체 나는 왜 읽고 있는 것인가? 나는 나 자신에게 이렇게 말한다.

— 나는 활자 중독자니까.

그러니 나에게 읽는 일은 일종의 행복이자 피할 수 없는 일이다. 길을 걷다 만난 글자도 최대한 다 읽어야 마음이 편해지는 타입이다. 해외여행을 하다 스치는, 뜻도 모르는 활자까지 하나하나 소리 내서 읽어보는 편이다. 물론, 작은 소리로 아무도 모르게 읽긴 하지만. 심지어 화장실에서 읽을거리가 없으면 안절부절못하는 종족이 바로 나다. 그건 좋지도 나쁘지도 않은 것으로, 나는 그냥 그렇게 태어난 존재다.

그런데 그렇지 않은 사람들도 세상에 많다. 다른 사람들은 왜 읽어야 하는 걸까? 활자를 읽지 않아도 행복한 사람, 글자를 읽지 않아도 불안하지 않은 사람, 책을 읽지 않아도 삶이 풍요로운 사람도 분명 있을 텐데.

*

책을 읽는 이유를 두 가지로 요약할 수 있다. 재미를 위해서 혹은 무언가를 알고 싶어서. 첫 번째는 독서의 '쾌락적 기능'이라 할 수 있고, 두 번째는 독서의 '정보적 기능'이라 할 수 있다. 그래서 재미있고 얻는 것도 있는 책을 우리는 좋은 책, 양서라고 부른다. 읽을 때도 재미있고, 읽고 나서 뿌듯한 책들 말이다.

그런데, 요즘에는 책보다 재미있는 것이 너무나도 많다. 드라마, 영화, 게임 등이 주는 재미는 확실히 책의 재미와 차원이 다르다는 것을 부인하기 어렵다. 그뿐만 아니라, 유튜브로 대표되는 동영상 콘텐츠, 인스타그램이나 페이스북, 틱톡 등 다양한 종류의 SNS에 빠져들면 헤어나기 어렵다. 재미의 대결에서 책이 그것들을 이길 수 있다고 우기는 것은 억지다.

특히, 유튜브는 무언가를 알고 싶은 사람들에게 압도적으로 훌륭한 매체라고 할 수 있다. 언젠가 딸아이에게 인터넷에서 무엇에 대해 찾아보라고 하자, 주저 없이 유튜브를 켜는 것을 보고 조금 놀랐다. 기성세대는 아직 구글이나 네이버와 같은 텍스트 중심으로 이루어진 포털사이트 검색에 익숙한 반면, 젊은 세대는 동영상을 통해 지식을 습득한다. 그러니 젊은 사람들에게 지식은 텍스트로 습득하는 것이 아닌, 영상으로 배우는 것이라 할 수 있다. 더 정확하고 실감 나게.

쉽게 말해 유튜브는 재미뿐만 아니라, 정보도 제공하는 좋은 플랫폼인 것이다. 재미노 있ㄱ, 의미도 있으니 쾌락적 기능과 정보적 기능을 동시에 지녔다. 심지어 (대부분의 경우) 무료이기까지 하다. 그 양이 너무 많아서 필터링하는 것이 또 다른 작업이 될 만큼 풍부함을 자랑하고, 다양한 언어와 다양한 관점이 공존한다. 독서를 무의미하게 하는 플랫폼이다.

뿐만 아니라, 넷플릭스로 대표되는 OTT 서비스도 독서를 대체하기 딱 좋다. 그 안에는 재미있는 영화들이 셀 수 없이 많고, 역사와 철학 같은 다가가기 힘든 주제를 쉽고 재미있게 설명한 다큐멘터리도 많다. 경쟁과 더불어 계속 발전하고 있으니 앞으로 콘텐츠 종류는 더 많아질 것이고, 내용은 더 깊어질 것이다.

이렇듯, 책의 영역을 대신할 것들은 점점 늘어나고 있다. 양적으로, 또 질적으로 독서의 영토는 좁아지고 있다. 지금은 콘텐츠를 보고 듣는 수준에 머물러 있지만, 곧 만지고 느낄 수 있는 날도 올 것이 확실하다.

*

이렇게 다른 것들이 책을 대체하는 시대에 살고 있다. 그럼에도 우리는 왜 책을 읽어야 하는 것일까? 나는 이렇게 대답하겠다.

— 멈추기 위해서 책을 읽어야 한다. 책은 스스로 멈추기 위해 읽는 것이다. 당신이 스스로 멈출 수 있는 사람이라면 책을 읽지 않아도 괜찮다.

독서 안에는 '멈춤의 과정'이 반드시 존재한다. 그 과정이 참으로 소중한 것이다. 두 눈을 감고, 책을 읽는 과정을 상상해보자. 책을 펼친 후, 쭉 독서를 하다가 마음에 드는 문장을 만나면 우리는 그 앞에 선다. 밑줄을 긋기도 한다. 잠시 턱을 괴고 생각에 잠기기도 한다. 어떤 이들은 기록을 한다. 공책에 옮겨 적거나 사진을 찍기도 한다. SNS에 공유하기도 한다. 마음을 사로잡힌 순간, 우리는 기꺼이 멈춘다. 그리고 생각한다. 생각에 빠진다.

— 맞아, 나도 그랬었지. 그때 그 사람이 생각나네. 지금의 나라면 그렇게 하지 않았을 텐데.

후회하기도 하고, 다짐하는 경우도 있다. 그렇다. 독서라는 행위는 우리를 멈추게 한다. 그리고 우리는 '생각'을 한다. 그것이 독서와 영화 감상, 독서와 게임, 독서와 드라마, 독서와 유튜브, 독서와 SNS의 가장 큰 차이 아닐까?

영화에서 명대사가 나왔다고 관람을 멈추는 사람을 본 적이 없다. 게임하다가 너무 감동적인 순간이라며 헤드셋을 벗어던진 경우도 보지 못했다. 드라마를 보던 중 주인공의 감정에 이입해 잠시 일시정지 버튼을 누른 뒤, 눈물을 흘리는 시청자도 찾기 힘들다. 유튜브 세상에는 멈춤이 없고, 다만 '건너뛰기'만 존재한다. 넷플릭스 세상은 빈지 워치binge watch를 위해 만들어진 콘텐츠로 가득하다. 멈출 틈을 주지 않는다.

세상은 멈추는 것을 낭비라고 정의한다. 모르는 사이에 자신이 원하는 것을 더 빨리, 더 많이 보기 위해 멈춤을 제거하는 일에만 몰두한다. 건너뛰기, 빨리 보기, 몰아 보기가 기본인 콘텐츠 소비. 조금이라도 지루하다면 가만 놔두지 않는 콘텐츠 소비.

*

그런데 독서는 다르다. 독서는 우리를 멈추게 한다. 우리는 멈춰서 '생각'이라는 것을 한다. 평소에 우리가 잘 하지 않는 그 생각을 하게 한다. 그 문장에 대해서, 그 감동에 대해서, 그 문장과 감동 뒤에 가려 보이지 않는 것들에 대해서 고민하게 만든다.

생각의 끝에서 우리는 '나'를 만나고 만다. 아름다운 문장 앞에 잠시 서서 그 문장이 좋은 이유에 대해 생각하고 나지막이 다시 한번 읽어보기도 하며, 소설 속 주인공에 공감하면서 비슷했던 추억 하나를 끄집어내기까지 한다. 그때의 나와 지금의 나를 비교하거나 소설 속 첫사랑을 나의 첫사랑과 비교하기도 하고, 소설 속 부모님의 이야기를 읽으며 나의 부모님을 떠올리고 그리워한다. 때로는 그리움을 이기지 못해 전화를 하거나 찾아갈 수도 있다. 그것이 오늘날까지 살아남은 독서의 가치이자 이유라고 생각한다. 독서는 내가 나를 깨닫는 과정이다. 독서는 멈춰 서서 나를 돌아볼 시간을 만들어주는 장치다.

그래서 나는 감히 이렇게 주상해본다. 혹시 오늘 밤, 넷플릭스를 보면서 잠시 멈춰서 나에 대해 생각할 수 있다면, 더 이상 책을 읽지 말고 계속 넷플릭스를 보라고. 컴퓨터게임을 하다가 잠깐 서서 나를 고민할 수 있는 사람이라면, 그렇게 하라고. 하지만 그게 불가능하다면 오늘 밤에는 멈추기 위해, 나를 생각하기 위해, 책을 한번 펼쳐 보는 것도 좋다고.

몸이 멀어진다 할지라도

그러고 보니, 민채네 가족과 알고 지낸 지도 10년이 다 되어간다. 나는 이들을 각별하게 생각한다. 한국의 명절이면 가장 먼저 떠오르는 사람들이며, 여름휴가 때 만나지 못하면 너무 아쉬운 사람들이다.

민채네 가족은 슬로베니아의 해변 마을 이졸라Izola에 살았는데, 몇 해 전 오스트리아 빈으로 이사했다. 이졸라는 한국 사람들에게 잘 알려지지 않았지만, 이탈리아 국경 근처에 위치한 아름다운 해변 마을이다. 평화로운 바닷가와 바르카페Barcaffe라는 슬로베니아 커피 브랜드의 공장이 있는 곳으로 유명하다. 바다 내음과 커피 향을 함께 만끽할 수 있는 그곳에 민채네 가족이 살았다. 언니 민채는 대단한 '책벌레'로, 책을 손에서 놓지 않는 총명한 아이다. 동생 민송이는 노래 한 곡 불러달라고 하면, 망설임 없이 한 소절 뽑아내는 '끼쟁이'다.

아무도 원하지 않았지만 나는 어느 날 두 아이의 '큰아빠'가 되겠다고 선언했고, 그 후로 민채와 민송이는 진짜 나를 '큰아빠'라고 부르기 시작했다. 아이들을 좋아하지만, 아이든 어른이든 좀처럼 사람에게 먼저 손을 내미는 것을 본 적 없는 아내는 그런 나를 좀 이상하게 생각했다. 민채 아빠는 나를 '형님'이라고 부르는데, 그 호칭도 싫지 않다. 한국식 호형호제를 몹시 싫어하는 내게는 아주 예외적인 경우다.

나는 민채네 가족의 선함이 좋다. 민채, 민송, 민채 엄마, 민채 아빠 누구라고 할 것 없이 모두 선하다. 손익을 계산하기보다는 진심으로 사람들에게 다가가고, 사람을 강자와 약자로 구분하지 않고, 선인과 악인을 분별해서 만난다. 난관을 만났을 때 무서워하기보다는 담담하게 헤쳐나가는 사람들이다.

나는 그들의 그런 모습을 지근거리에서 지켜보면서 많은 걸 배웠다. 내 나라에서도 선하게 살기 쉽지 않은데, 내 나라가 아닌 곳에서 선함을 간직한 채 살기란 얼마나 어려운가. 이를 잘 알고 있기에 그들이 주는 에너지는 각별하다. 불이익이 일상인 외국에서의 삶, 소수자에게 숙명 같은 불투명한 미래를 안고 선함을 지키며 살기는 정말 쉽지 않다.

*

아마도 어느 해 연말이었던 것 같다. 우리 가족은 연례 행사처럼 한 해의 마무리를 민채네 가족과 함께해왔고, 그 해도 예외는 아니었다. 당연하게도 연말연시가 되면 고국이 더 그리워지는 법이고, 그래서 한국인들이 더 보고 싶어진다. 조국 이야기, 고향 이야기, 한국 음식 이야기를 한국어로 할 수 있는 사람들을 만나고 싶은 건 너무 당연하다.

그날도 부모들은 거실에 앉아 세상 사는 이야기를 나눴고, 아이들은 작은 방에서 놀고 있었다. 고향 이야기를 하다가 민채 엄마가 이런 질문을 했다.

— 두 분 혹시 '보리수나무'를 아세요?

질문을 받고 나는 고개를 좌우로 흔들었다. 자작나무와 소나무밖에 모르는 나는 아내를 쳐다봤는데, 아내는 뭔가 아는 것 같았지만 아무런 대답도 하지 않았다.

— 서울에 사시는 분들이니까 잘 모르실 수도 있겠네요. 한국에 있는 저희 집 뒷마당에 보리수나무가 있거든요. 저희도 작년인가, 아이들과 함께 한국에 들어갔을 때 오랜만에 봤어요. 몇 해 전에 시아버님께서 심으신 걸로 알고 있는데, 꽤 잘 컸어요. 보리수나무는 열매가 참 예쁘거든요. 빨간 색인데 빛깔도 좋고, 알맹이가 대추만 한데 동글동글한 게 귀여워요. 껍질이 매끈매끈해서 아주 먹음직스럽게 생겼거든요. 저희 아이들이 그 보리수나무를 꽤 좋아했어요.

빨간 열매가 대롱대롱 달린 예쁜 나무, 그리고 그 나무 밑에서 웃고 있는 민채와 민송이를 상상했다.

— 민채, 민송이 둘 다 할아버지가 따주신 열매를 많이 먹고 그랬어요. 별맛도 없는데, 그래도 아이들은 좋아하더라고요.

사랑스러운 민채와 민송이를 만났던 아드리아 해안의 작은 마을 이졸라.

작은 방에서 놀던 민채와 민송이가 보리수나무 이야기를 들었는지, 거실에서 떠드는 어른들 목소리에 귀를 기울이는가 싶더니 금세 관심을 끊고 방문을 닫았다.

— 특히, 민채가 보리수나무를 너무 좋아해서 슬로베니아로 돌아오기 전에 씨를 하나 마당에 심고 왔어요. 정성스럽게 씨를 마당에 심더니, 할아버지께 꼭 잘 돌봐달라고 부탁까지 하더라고요.

당시 초등학교도 들어가지 않았던 여섯 살짜리 민채가 고사리같이 작은 손으로 직접 씨를 심고, 그 큰 눈에 간절함을 가득 담아 나무가 잘 자라길 기원하는 모습을 상상하니 아빠 미소가 절로 지어졌다.

— 근데, 그렇게 심은 씨가 잘 자라기 쉽지 않잖아요. 씨가 바로 나무가 되는 것도 아니고, 아버님도 일이 있으시니 나무만 신경 쓰실 수도 없고. 그런데, 그런 사정을 모르는 민채는 매일 할아버지한테 전화해서 '민채 보리수나무'는 잘 크는지 묻지 뭐예요? 그런데 마음 약한 아버님이 솔

직히 말씀을 못 하시고, 잘 크고 있으니 걱정 말라고만 하시는 거예요.

거기까지 듣고 나니 조금 걱정이 되었다. 결국엔 실망했을, 실망할 수밖에 없을 민채를 생각하니, 그 큰 눈에서 떨어졌을 눈물을 상상하니, 원망받았을 것이 뻔한 민채 할아버지의 얼굴을 떠올리니 마음이 편하지 않았다.

— 아니나 다를까, 몇 달 전 한국에 갔을 때, 시골 아버님 댁에 도착하자마자 민채가 뒷마당으로 뛰어가는 거예요. 민송이도 따라 뛰고. 저희는 엄청 당황했죠. 그런데, 아버님께서는 웃고만 계신 거예요. 저희는 정말 불안했어요. 민채가 상처받을지도 모른다는 생각에. 또, 아버님 입장 곤란해지실까 봐.

나도 그 순간, 그 마당에 있었던 것처럼 불안했다. 아내의 표정 역시 좋지 않았다. 하지만 민채 아빠는 아무렇지도 않다는 듯 웃고 있었다. 민채 엄마는 차분하게 말을 이었다.

— 그런데, 뒷마당에 정말 나무가 있었어요. 민채가 씨를 심어둔 바로 그 자리에 거짓말같이 진짜 나무가 자라고 있었어요. 민채는 '민채 보리수나무'라고 너무 좋아했고, 동생 민송이도 덩달아 좋아했어요. 그때 아버님, 어머님의 웃음이 잊히지 않아요. 아버님께서 민채를 위해 묘목을 사서 일부러 심어두신 거예요.

그렇다. 민채 할아버지는 손녀의 동심을 지켜주셨던 것이다. 고국에서 8,000킬로미터 떨어진 곳에 사는 큰 손녀의 순수한 동심을 지켜주기 위해 묘목을 사서 뒷마당에 직접 심으신 뒤, 잘 가꾸시며 언젠가 돌아와 보리수나무를 보며 기뻐할 손녀를 상상하셨을 것이다.

어른들이 '민채 보리수나무' 이야기를 나누는 동안, 딸들은 뭐가 그리 신났는지 방 안에서 깔깔거리고 있었다. 그 깔깔거림이 정말 듣기 좋았다. 보리수 열매처럼 동글동글한 느낌이 나는 그런 웃음소리였다.

*

그 순간, 나는 앞으로 이 아이들이 어디에 살든 씨를 뿌린 자의 간절함과 기대를 소중히 간직하며 살았으면 좋겠다고 생각했다. 그리고 언젠가 나도 민채 할아버지처럼 딸을 위해, 혹은 손자를 위해, 아니면 그 누군가를 위해 몰래 나무 한 그루 심어줄 수 있는 어른이 되어야겠다고 다짐했다.

민채, 민송이가 오스트리아 빈으로 이사 간 후, 예전처럼 자주 만날 수는 없다. 하지만, 여전히 나는 두 사람의 '큰아빠'를 자처하고 있다. 그리고 가끔이지만, 만나면 보리수 열매와 같은 웃음으로 반가움을 표한다. 두 아이 역시 아직까지는 '큰아빠'에게 안기기를 거부하지 않고 있다. 변함없는 민채, 민송이네 가족의 선함을 존경하고, 각별히 아끼며 좋아한다. 그리고 그 마음이 꽤 오래갈 것 같다.

몸이 멀어지면 마음도 멀어진다는 말을 믿지 않는다. 그건 그저 마음이 쉽게 멀어져버린 사람들이 만든 핑계일 뿐이다.

증발에 대해 생각해보셨나요?

가끔 한국에 간다. 그리고 더 가끔 서울 이외의 도시에 간다.

어느 해 여름에는 대구에서 북토크를 했다. 아파트 단지의 상가 건물 지하에 위치한 문화센터에서 소수 정예 독자들을 만났다. 좋은 시간이었다는 사실은 분명한데, 그때의 토크는 기억이 나지 않고 여느 때처럼 들고 가서 읽었던 책만 머릿속에 남아 있다. 나는 그 책을 읽으며 '증발'에 대해 생각했었다.

*

8월 말, 서울과 달리 대구는 정말 더웠다. 정말이지 모든 것이 다 증발해버릴 것만 같았다. 아니면 다 녹아내릴 것만 같았다. 나는 나의 증발을 막기 위해 아이스 아메리카노를 마시면서 서울행 기차를 기다리고 있었다. 그리고 증발에 관한 책을 읽고 있었다.

카페에 앉아 증발이라는 단어의 뜻을 찾아보았다. 사전에 의하면 이런 뜻이었다.

첫째, 어떤 물질이 액체 상태에서 기체 상태로 변함. 또는 그런 현상.

둘째, 사람이나 물건이 갑자기 사라져 행방을 알지 못하게 됨을 속되게 이르는 말.

유의어로는 실종, 행방불명이 있다. 그러니까 당시 읽고 있었던 《인간증발》이라는 책의 제목은 전혀 은유적인 것이 아니었다. 책에 의하면, 인간은 정말 증발이 가능한 존재였던 것이다.

요즘 같은 세상에 사람이 흔적도 없이 증발해버릴 수 있을까?*

* 레나 모제, 스테판 르멜, 이주영 옮김, 《인간증발》, 책세상, 2017, 27쪽.

당연히 불가능할 것이라는 나의 순진한 생각은 여지없이 깨졌다. 일본에서는 연간 10만 명의 인간이 증발하고 있다는 대목을 읽으면서 놀라지 않을 수 없었다. 그런데 책을 읽으면서 생각이 조금씩 바뀌었다. 어쩌면 요즘 같은 세상이야말로 가장 증발하고 싶은, 혹은 가장 증발하기 쉬운 세상일지도 모른다. 나 하나쯤은 없어도 티가 안 나는 세상. 그래서 나의 존재감이 더더욱 미미하게 느껴지는 세상.

이 책은 프랑스인 저널리스트 부부 레나 모제와 스테판 르멜이 5년간 일본의 도시들을 누비며 사라진 일본인들을 기록한 내용이다. 다양한 이유로 사회에서 사라져버린 사람들을 담고 있지만, 사실 흔적도 없이 증발해버린 사람의 이야기라기보다, 그렇게 증발하게 만든 '요즘 같은 세상'에 관한 이야기다.

이치로 가족은 부락민이야. 말 그대로 특수 부락에 사는 사람들. 인도의 불가촉천민처럼 사회 최하층 계급이지.*

'요즘 같은 세상'은 계급이 존재하는 세상이다. 빚이 만

* 같은 책, 65쪽.

든, 실직이 만든, 낙방이 만든, 이혼이 만든 '부락민'이라는 새로운 계급이 엄연히 존재하는 세상이다. 국가와 사회는 이미 오래전에 계급이 사라졌다고 주장하지만 부락민 스스로가 스스로를 부락민으로 부르는 한, 계급은 이 국가에서, 사회에서 사라질 수 없다.

혼자 방에 틀어박혀 생활하는 오타쿠들은 일본 열도에 약 30만 명 정도 되는 것으로 알려져 있다.*

책 속에서 외부 세계로 증발해버리는 사람들, 시스템 안으로 소멸해버리는 사람들을 만날 수 있었다. 밖으로 증발해버리는 사람들이 사회가 이미 정해둔 실패의 희생양들이라면, 안으로 소멸해버리는 사람들은 사회가 정하기도 전에 스스로 실패를 인정한 희생양들이다. 결국 그들은 모두 사회가 생산한 희생자였다. 외부로 사라져버리는 '부락민'은 사회에 드러나지만, 내부로 사라져버리는 '오타쿠'는 사회에 잘 드러나지 않는다. 사라짐의 두 가지 방식 모두 슬프다.

* 같은 책, 117쪽.

일본인들은 마치 약한 불 위에 올라간 압력솥 같은 사회에서 스트레스를 받고 있다. 그러다가 압력을 견딜 수 없을 정도가 되면 수증기처럼 증발해버린다.*

이미 실패한 사람도, 실패를 스스로 인정한 사람도, 아직 실패하지 않은 사람도, 심지어 현재 성공의 길을 달리고 있는 사람마저도 언제 폭발할지 모르는 압력솥과 같은 사회에서 산다는 것은 곤욕이다. 일본 사회만 그럴 리 없다. 한국도, 어쩌면 현대사회 전체가 압력솥 내부의 공기처럼 아슬아슬하다.

저자는 사람들이 "수증기처럼 증발해버린다"고 했지만, 사실 증발해버리는 것은 그들 자신, 즉 인간이 아니고 그들의 삶, 인생일 뿐이다. 인간이라면 마땅히 누려야 할 삶이 지워지는 것이다.

그러므로 '인간증발'이 아닌, '인생증발'이 옳은 표현일지도 모른다. 궁극적으로 사라져버리고 싶지만, 현실적으로는 그럴 수 없는 존재들. 그래서 더 애처롭고 애달픈 사연의 소유자들.

* 같은 책, 129쪽.

우리 일본 사회는 실패에 관대하지 않습니다. 실패는 개인이 사회에서 해야 할 의무와 역할을 다하지 못했다는 의미죠.*

증발을 선택한 대부분의 사람은 자신이 사회에 해야 할 의무와 역할을 다하지 못했다고 생각하지만, 사실 의무와 역할을 다하지 못한 것은 개인이 아닌 바로 사회다. 실패의 기준은 누가 만드는가?

자살이 빈번하게 일어나 악명이 높아졌다는 도진보 절벽, 증발을 선택한 사람들도 종국에는 야쿠자들을 만나야만 증발이 가능한 현실, 아직까지도 일본의 대도시에 버젓이 존재하는 이름을 잃은 사람들이 밀집한 동네 이야기, 후쿠시마 원전 사태까지 읽고 나서 내가 느낀 건 단순한 기시감이 아닌 슬픔이었다.

나는 유럽의 대학생들에게 자주 묻는다.

— 여러분은 졸업하면 하고 싶은 것이 뭐죠?

* 같은 책, 154쪽.

혹자는 꼰대 같은 질문이라고 하지만, 나는 진심으로 젊은이들의 미래가 궁금하다. 대답을 피하는 학생이 대부분이지만, 유럽의 대학생들도 자신의 나라를 벗어나고 싶어 한다. 나는 서유럽에서도, 중유럽에서도, 동유럽에서도 거의 비슷한 답을 들었다. 특히, 아시아학을 전공한 학생들에게 일본은 각별한 동경의 대상이었다. 한국도 최근 살기 좋은 곳이라는 인식이 있지만, 역시 유럽인에게 일본은 특별하다. 그런 일본에서 사람들이 증발하고 있다. 단지 사회가 정한 실패 때문에.

그렇다면 우리가 가야 할 곳, 살 수 있는 곳은 어디일까? 유럽에 사는 젊은이들은 아시아를 새로운 희망이라고 믿는다. 자신의 나라를 떠나고 싶다고 한다. 한국으로, 일본으로 가서 배우며 살고 싶다고 한다. 그런데 한국은 자국의 젊은이들에게 '지옥'이라고 불린다. 일본은 실패를 용서하지 않고, 인간을 증발시키는 나라다.

*

8월 말, 대구는 여전히 더웠다. 카페 밖은 푸르고 아름다웠다. 그대로 앉아 있으면, 정말 어딘가로 증발해버릴 것만 같았다. 서울행 기차를 기다리며, 동대구역 승강장에서 에필로그의 마지막 문장을 읽었다.

나는 가족이 있는 우리 집으로 돌아가는 중이다.*

프랑스는 다른지 저자에게 묻고 싶었다. 프랑스에는 정말 '인간증발'이 없는지 말이다.

서울에 도착하니 여름 폭우가 쏟아지고 있었다. 빗소리가 시원해야 했지만, 시원하지 않았다. 사람들의 표정에서도 개운함을 찾을 수 없었다.

* 같은 책, 254쪽.

쥐 이야기

'쥐'가 주인공인 소설을 쓴 적이 있다. 소설의 표지에도 쥐가 나오는데, 그 소설이 세상에 나왔을 때 많은 이가 걱정 어린 충고를 했다. 당시 나는 쥐가 무섭기도 했지만, 그보다도 무척 싫었다. 하지만 세상의 모든 쥐를 싫어하는 것은 아니다. 내가 좋아하는 쥐도 분명히 존재한다.

*

개인적으로 좋아하는 '쥐 아버지'가 둘이나 있다. 그들은 사람인데, 사람에게 '쥐 아버지'라는 표현을 쓰는 것이 조금 이상하게 들릴지도 모르겠다. 하지만 내가 좋아하는 쥐들을 창조했으니 마땅한 다른 표현을 찾기도 쉽지 않다.

개인적인 존경의 의미까지 담아 '쥐 아버지'라고 부르는 것도 나쁘지 않다고 생각한다.

첫 번째 '쥐 아버지'는 미국 미주리주 캔자스시티 출신이다. 그는 미국에서 태어났지만, 그의 아버지는 독일인이다. 그러니까 독일인 이민자 집안이라고 할 수 있다. 그는 미술학도였던 19세의 젊은 나이부터 이미 재능을 인정받아 1919년에 페스만 아트 스튜디오Pesman Art Studio의 그래픽 아티스트로 입사했다. 그리고 운명적으로 한 친구를 만났다. 훗날 세상은 이들 두 사람의 우정에 대해 여러 말들을 하지만, 여기서 그들의 우정에 대해 구구절절 늘어놓고 싶진 않다. 하지만 한 가지 분명한 것은 그 만남이 '쥐 아버지' 인생의 게임 체인저가 되었다는 사실이다. (나를 포함한 세상 모든 어린이의 추억을 바꿔놓은 놀라운 만남이었다고 해도 과언이 아니다.)

청년이었던 두 사람은 함께 이직을 하고, 또 함께 창업도 한다. 그리고 같이 크고 작은 성공과 실패를 반복한다. 그러다 함께 행복한 검은 토끼 한 마리를 만들게 된다. 그 토끼는 〈행복한 토끼 오즈월드Oswald the Lucky Rabbit〉라는 이름으로 어마어마한 인기를 누리게 된다. 1927년의 일이다.

이 두 젊은이의 남은 인생은 승승장구가 보장된 듯했지만, 그들은 황금 알을 낳는 토끼의 주인이 될 수 없었다. 대신 '창작자가 항상 주인이 되는 것은 아니다'라는 자본주의의 법칙 하나를 뼈저리게 배우게 된다. 배급사 유니버설 스튜디오가 이 오즈월드의 저작권을 소유했기 때문이다. 하지만 젊은이들은 절망을 딛고 재기를 꿈꾼다. 토끼보다 더 깜찍한 녀석을 만들어보자고 의기투합한다. 그리고 개구리, 강아지, 고양이, 소, 말까지 친근한 동물들을 다 그려본다. 하지만 반응은 차가웠다.

절망에 빠진 이들이 마지막으로 시도했던 깜찍한 녀석이 바로 쥐였다. 바로 내가 좋아하는 쥐다. 그 쥐의 동그랗고 까만 눈이 참 좋다. (어떤 사람은 그 쥐의 생명이 귀라고 하지만 내 눈에는 명백히 눈이다.) 양손을 쭉 펴고 뭔가를 기다리는 포즈도, 표정도 너무 좋다. 하늘을 날겠다는 꿈을 가진 쥐의 기상 또한 마음에 쏙 든다. (만화)영화 속에서 역동적으로 움직이는 쥐보다 (만화)책 속에서 역동적으로 움직일 것 같은 쥐를 나는 더 좋아한다.

슬프게도 사람들은 '쥐 아버지'의 이름을 기억하지 못한다. 대신 '쥐 아버지'의 친구이자 사업 수완이 대단했던 월터 씨Walter Elias "Walt" Disney만을 기억한다. 나는 이상하게도 월터 씨 손에 의해 세계적인 스타가 되어 테마파크 속에서 뛰노는 쥐보다 '쥐 아버지'가 그린 화폭 속에서 오른손을 높이 들고 웃는 쥐가 더 좋다. '쥐 아버지'의 펜 끝이 없었다면 오늘날 세계 최고의 테마파크도, 딸이 그토록 좋아하는 〈겨울 왕국〉의 얼음 공주도 태어나지 못했을 거라고 믿는다.

즐거움의 상징이 된 쥐, 그리고 그 쥐의 아버지를 좋아한다.

두 번째 '쥐 아버지'는 스웨덴의 스톡홀름에서 태어났다. 유럽에서 태어났지만, 세 살 때 미국으로 가서 쭉 미국에서 살았기 때문에 그 역시 미국인이다. 아버지는 폴란드계 유대인이었다고 하니, 어떤 연유로 인해 폴란드에서 스웨덴으로 이주했다가 미국까지 가게 된 것이다. 물론, 자의는 아니었다. 이 두 번째 '쥐 아버지'는 나중에 그 연유에 대해 아주 세세하고 구체적으로 그린다.

부모와 함께 보낸 미국에서의 삶은 썩 좋지 않았던 것 같다. 아버지는 늘 신경질적이었고, 어머니는 아무 말도,

심지어 유서 한 장도 없이 스스로 목숨을 끊었다고 한다. 왜 '쥐 아버지'의 가족사는 평탄하지 못했을까? 이 나라, 저 나라로 도망치듯 이사하고, 가족 간에 회복할 수 없는 갈등의 골이 깊어지고, 또 누군가는 자살까지 선택했던 이유가 무엇이었을까?

'쥐 아버지'는 자신의 가족 이야기를 담담하게 말해줄 쥐 한 마리를 만든다. 그리고 그 쥐는 솔직하고 가감 없이 자신의 가족사와 홀로코스트Holocaust에 대해 말한다. 홀로코스트를 겪은 경험이 가족을 슬픔으로 몰아넣었기에. 아우슈비츠를 겪은 아버지는 늘 아들의 삶이 나태하다 비난했고, 그런 아들을 과잉 보호해야 했던 어머니는 우울함에 가족들을 두고 세상을 먼저 떠났다. 전쟁이라는 비극 안에 이 모든 답이 있는 것이다. 슬픔의 이유, 갈등의 이유, 심지어는 창작의 이유까지.

나는 그 쥐를 좋아한다. 홀로코스트라는 감당할 수 없는 슬픔을 담담하게 말하는 쥐의 목소리를, 생동감 있게 흔들리는 눈동자를 좋아한다. 움직이지는 않지만 그 떨림이 고스란히 느껴진다.

슬픔의 상징이 된 쥐, 그리고 그 쥐의 아버지를 좋아한다.

*

설명이 따로 필요 없는 세계에서 가장 유명한 쥐, 아니 세계에서 가장 유명한 동물 '미키 마우스'와 만화 최초로 퓰리처상을 받은 코믹스 〈쥐〉에 등장하는 '아티'의 아버지들이 내가 좋아하는 쥐 아버지들이다.

세상에 수많은 만화 주인공이 있지만, 미키와 아티야말로 가장 큰 감정을 담아낼 수 있는 그릇을 가진 주인공이라 믿는다. 기쁨과 슬픔의 양극단에 선 주인공들. 그래서 나는 종종 미키를 가장 환상적인 쥐, 아티를 가장 현실적인 쥐라고 설명하곤 한다. 지금까지도 가끔 그 둘을 보며, 기쁨과 슬픔을 느끼고 또 그 감정에 대해 곱씹는다.

두 마리 쥐를 세상에 보내준 두 '쥐 아버지' 어브 아이웍스와 아트 슈피겔만을 좋아한다. 그리고 나는 나중에 '나쁜 쥐'에 대한 글이 아닌, '좋은 쥐'에 대한 긴 글을 써보고 싶다. 세상 사람들에게 걱정 대신 위로를 전할 수 있도록.

낙원을 찾아서

어디에 살든 산책을 즐기는 편이지만, 티볼리 공원 근처에 살았을 때는 더욱 그랬다.

티볼리 공원은 200년이 넘은 류블랴나의 허파와 같은 녹지다. 서울에서는 나무가 거의 없어 아파트 자체가 노목 같은 오래된 단지나 좁은 골목들이 덩굴처럼 얽혀 복잡한 동네에서만 살았던 터라, 산까지 품고 있는 거대한 공원이 집 앞에 있는 것 자체가 내겐 작은 천국이었다.

그 천국을 헤매며 길을 잃는 일을 즐기곤 했다. 티볼리를 걸을 때는 특별한 목표 없이, 정해진 템포 없이 그 순간을 즐겼다. 걷는 동안 무언가를 듣기도 하고, 내딛는 한 걸음 한 걸음에 집중하기도 했다. 걸음 자체가 그저 감사함으로 이어지는 순간들을 사랑했다.

류블랴나는 사랑스러운 곳이다. 하늘이 적당히 어둡고, 날씨가 썩 좋지 않은 날에도 사랑스러움이 그대로인 그런 곳이다.

*

티볼리에서 '오로빌Auroville'을 만났던 날엔 한국 라디오 방송을 듣고 있었다. 슬로베니아에서 한국어로 인도에 관한 이야기를 듣고 있는 것은 특별한 느낌을 주기에 충분했고, 내용도 흥미로워 귀를 뗄 수 없었다.

— 오로빌을 모르시는 분들이 많으실 텐데요. 오로빌은 인도 남부 타밀나두주에 있는 국제공동체고요, 1968년에 설립되었습니다. 그 당시에 프랑스 68혁명이 일어나면서 인류 화합과 세계평화가 주목받았습니다. 이것이 오로빌의 가치이기 때문에 여기에 공감한 사람들이 전 세계에서 모여들었습니다.

라디오에선 인도의 오로빌에 대한 인터뷰가 나오고 있었다. 오로빌에 대한 아주 교과서적인 소개를 들은 질문자가 이어서 치한에 대해 묻자, 답변자는 이렇게 대답했다.

— 아무래도 외부에서 들어오는 분들을 제외하고 좀도

둑이나 이런 사람들이 있기는…….

'외부'라는 말이 귀에 살짝 거슬렸다. 마을 사람들은, 그러니까 소위 '우리들은' 절대 그럴 리 없다는 것처럼 들렸기 때문이다. 그 안에서도 '이'와 '저'를 나누는구나.

이어서 교육에 대한 질문이 나왔는데, 오로빌에서 교육을 받은 답변자는 현장에서 자기 개성을 마음껏 드러내고 다양한 아이디어를 시도한다는 느낌을 받았다고 했다. 개성, 다양성, 아이디어, 시도 같은 단어를 강조했는데 큰 감흥은 없었다. 개성, 다양성, 아이디어, 시도를 지향하지 않는 교육이 있나 싶기까지 했다.

계속해서 노동문제에 대하여 묻자, 오로빌에 사는 사람들은 모두가 하루에 6시간만 일하며, 별도의 월급은 없고 본인이 원할 경우 매달 1만 루피 정도의 기초생활 유지비를 받을 수 있다고 했다. 흥미로운 부분은 그럼에도 돈을 쓸 곳이 마땅치 않아 1만 루피, 즉 한화로 20만 원도 안 되는 돈으로 한 달 생활이 충분히 가능하다고 했다.

— 오로빌만의 독특한 선물 경제가 있군요…….

'선물 경제'가 뭔지 궁금하던 차에 질문자가 청취자들을 위해 '선물 경제'의 개념을, 아껴 쓰고 나눠 쓰고 바꿔 쓰고 다시 쓰는 '아나바다 정신'에 비유하면서 이해하기 쉽게 풀어 설명해줬다. 한마디로, 자신이 생산한 것들을 같은 마을에 사는 사람들에게 선물하며 유지되는 경제구조였다.

방송을 계속 듣고 있자니, 오로빌은 점점 이 세상에 없는 인류의 낙원이 되어가는 느낌이었다. 복지 시스템도 북유럽보다 체계적이고, 주민의 대다수가 육식을 하지 아니하며, 술집도 없고, 심지어 에너지도 거의 자급자족이 가능하다는 말까지 들은 후에 질문자는 직접 이렇게 말해버렸다.

— 그러니까 오로빌은 이상향이라고도 볼 수 있는 사회군요.

질문자는 마지막 질문을 던졌다. 이상적이지 않은 우리 사회가 이상적인 사회인 오로빌로부터 배워야 할 것이 무엇일까? 대답은 간단명료했다.

— 다양성에 대한 존중!

답변자는 그렇게 멋지게 대답하고 자신의 현재와 미래에 대해 부연했다.

그는 앞으로 다큐멘터리 감독이 되고 싶다고 했다. 이미 10년 전에 오로빌을 떠나 호주에서 공부한 뒤, 지금은 한국에서 살고 있다고 했다. 그는 낙원의 삶을 포기하고 또 다른 꿈을 위해 낙원이 아닌 곳, 다양성에 대한 존중이 부족한 곳에서 자신의 작품을 만들며 살고 있는 사람이었다. 낙원을 떠날 수 있는 사람의 용기, 아니 자신이 낙원을 경험했다고 말하는 용기가 부럽긴 했다.

인터뷰를 다 듣고 나서 몇 가지 의문이 생겼다. 3천 명도 채 안 되는 오로빌에 사는 오로빌리언을 위해 한화로 45억 원이 매년 오로빌 밖에서 지원된다는 사실은 왜 말하지 않았을까? 오로빌에서 살기 위해선 땅과 주택이 필요하고, 이를 위해 적게는 1억 원, 많게는 2억 원 이상이 있어야 한다는 사실이 오로빌리언에게는 중요하지 않단 말인가? 마을의 힘든 일들은 외부 사람들이 용역의 형태로 대신해주고 있는 것은 자급자족 정신에 부합하는 것일까? 정말 이상향은 어디에 있는 걸까? 우리가 말하는 낙원은 존재하기나 하는 것일까?

*

하긴, 오로빌만 낙원으로 여겨지는 건 아니다. 슬로베니아에는 한국을 하나의 낙원으로 생각하는 사람이 많다. 실제로 서울에 다녀온 슬로베니아 친구는 인류의 긍정적인 미래 사회를 경험하고 온 것 같다고 했다. 세련되고 잘 정돈되어 있으며, 살기 좋다는 뜻이었다.

한국이 너무 좋아 방학마다 한국에 가서 사는 학생도 많다. 심지어 최근에는 한국을 동경해 방학마다 서울로 떠나는 고등학생도 늘고 있다. 그들이 학기 중에 아르바이트를 하는 이유는 방학 중에 한국에서 살기 위함이다. 심지어 가보지 않고도 서울을 가장 살고 싶은 도시로 꼽는 학생이 적지 않다. 우리가 지옥이라고 부르는 그곳을 낙원으로 믿고 있는 것이다.

물론, 그 반대도 존재한다. 티볼리를 걷다가, 학교 근처를 산책하다가, 시내의 아무 곳에서나 찍은 일상의 사진들을 아무런 생각 없이 나의 SNS에 올리면 재미있는 댓글들이 달린다.

— 풍경만 바라봐도 글감이 마구 떠오를 것 같은 곳이다.

심지어 이런 댓글도 본 적 있다.

— (그런 곳에서 사는 당신은) 복 많이 받은 사람이다.

부럽다, 현실 같지 않다는 더 노골적인 표현도 종종 본다. 내가 유럽의 오로빌에 산다고 믿고 있는, 믿고 싶은 사람들이다. 하지만 내게 배우는 대학생들에게 졸업 후 가장 하고 싶은 것이 뭐냐고 물으면, 당장 이 '낙원 같은' 나라, 풍경만 봐도 문학적 상상력이 펼쳐지는 나라, 복이 많은 사람들이 사는 나라를 떠나고 싶다고 한다. 그들만의 오로빌을 찾아서 말이다.

사실 우리는 다 알고 있다. 서울도 류블랴나도 심지어 오로빌도 완벽할 리 없다는 사실을. 당연하게도 완벽하게

겨울밤 류블랴나는 실내 테마파크와도 같이 아름답다. 제법 차가운 맛이 느껴지는, 아기자기한 진짜 사람들이 사는 테마파크.

살기 좋은 마을 따위는 세상 어디에도 없었고, 없고, 없을 것이다. 이미 존재하는 살기 좋은 곳에 가서 살기보다, 지금 사는 곳을 더 좋은 곳으로 만드는 것이 소중한 일 아닐까? 살기 좋은 곳을 만들기 위해선 무엇보다 우선 그 안에 있는 사람들이 믿어야 하지 않을까? 우리가 스스로 낙원을 가꿀 수 있다는 사실을. 우리가 바꿀 수 있다고 믿는 것이 낙원에 다가가는 첫걸음 아닐까? 우리가 공동체 오로빌에서 배워야 할 것은 어쩌면, 다름 아닌 믿음일지도 모르겠다. 여기가 이상향이라 믿는, 여기가 낙원이 될 수 있다고 믿는 그 정신!

낙원을 찾아가기보다는 여기를 멋지게 만들어보고 싶다. 육식을 해도, 선물 경제가 없어도, 심지어 술집이 많아도 행복할 수 있는 그런 마을을 만들어보고 싶다. 그러기 위해선 우선, 지금 내딛는 한 걸음에 만족해야겠지. 그런 생각을 하며 라디오를 끄고, 다시 내가 내딛는 한 걸음 한 걸음에 집중하기 시작했다. 정해진 템포 없이 그 순간을 즐기면서 말이다.

과일 먹을 권리

의식주, 사람들이 사는 데 가장 중요한 세 가지.

슬로베니아에 온 첫해엔 여러 가지로 놀랐지만, 그중 음식 때문에 화끈하게 몇 차례 놀란 적이 있다.

*

날씨가 꽤 쌀쌀했던 날, 강의가 끝나고 집으로 걸어가다가 국물이 갑자기 그리워졌다. 몸과 피로를 싹 녹일 수 있는 따끈따끈한 국물이. 한국적인 맛이 나는 국물이라면 더할 나위 없었겠지만, 슬프게도 당시 류블랴나에는 된장국 한 그릇 들이킬 만한 한국 식당이 없었다. 그래서 허기진 배와 국물이 그리운 마음을 붙들고 무작정 시내로 나가 한 식당도 아닌, 일식당도 아닌, 중식당도 아닌, '아시아' 식당에 들어갔다. 아시아 식당이라니, 이 얼마나 이상한 식당인가? (나는 한국에서 '유럽' 식당을 본 적이 없다.) 학교에서 멀지 않으면서 다운타운에 위치한, 꽤 럭셔리한 인테리어를 뽐내고 있던 곳.

점심 무렵이라 사람들이 꽤 많았다. 심지어 빈자리가 거의 없었다. 간신히 구석에 자리를 잡고 앉았는데, 분위기가 싸했다. 주변에 전부 젊은 사람들뿐이었다. 중년은 들어올 수 없는 곳인가? 아니면, 오늘 점심에 젊은이를 위한 특별한 행사가 있는 것인가? 슬로베니아가 젊은 나라인 것은 분명하고, 대학 근처라서 대학생이 많은 것은 자연스러운 일이긴 한데, 아무리 생각해도 대학생에겐 가격이 다소 부담스러운 식당인 것 같았다. 유럽 어디든 '아시아' 식당은 비싼 편이고, 더군다나 시내에 위치하며 멋진 실내 장식을 자랑하니 저렴한 음식을 파는 곳이라곤 할 수 없었다.

암튼, 나는 목적대로 따뜻한 국물이 있는 일본식 라멘을 주문했다. 역시 예상대로 가격이 만만치 않았다. 라멘을 국물까지 싹 비우자, 종업원이 와서 디저트를 먹겠냐고 물었다. 나는 고개를 저을 수밖에 없었다. 디저트는 생각보다 비쌌으니까. 그런데, 주변을 둘러보니 모두 디저트를 먹는 게 아닌가. 젊은 사람들이, 학생으로 보이는 사람들이 너무나도 맛있게 먹고 있었다.

몹시 궁금해졌다. 꽤 비싼 이 식당에서 저 학생들이 여유로운 표정으로 비싼 디저트까지 맛있게 먹을 수 있는 이유가. 부모가 부자인가?

그다음 학기, 학과 일을 도와준 조교들과 같이 저녁 식사를 하러 학교 근처 식당에 간 적이 있다. 슬로베니아 학생들과 처음으로 함께하는 식사였다. 평점이 좋은 맛집으로 소개된 피자 전문점이었는데, 대학가라서 그런지 식당 안에는 학생들이 많았다. 열심히 일한 학생들을 제대로 대접하고 싶어서 메뉴판을 건네며 먹고 싶은 것을 마음껏 고르라고 했는데, 학생들은 쭈뼛쭈뼛하며 고르지 못하고 있었다. 혹시 돈 때문에 그런가 싶어서 더욱 큰 목소리로 선생님이 사줄 테니 걱정 말고 고르라고 했다. 그런데도 학생들의 표정은 풀리지 않았다. 슬로베니아 사람들이 더치페이에 익숙해져 있어서 그럴지도 모른다고 생각했다. 다시 한번 오늘은 돈 걱정 말고 맛있는 것을 먹으라고 했다.

드디어 한 학생이 종업원을 불렀다. 종업원은 새로운 메뉴판을 가지고 왔다. 이미 우리가 가지고 있던 것과 다른 종류의 메뉴판이었다. 한 식당에 메뉴판이 두 개라니. 나는 살짝 놀랐지만 괜찮은 척했다. 새로운 종류의 인종차별인가 싶기도 했고, 유럽식 사제 문화일지도 모른다는 생각도 잠시 했다. 사제지간에 겸상은 해도, 메뉴판은 공유하지 않는다?

그런데 새로 받은 메뉴판을 들여다본 순간, 충격이 더 커졌다. 메뉴판의 겉은 훨씬 허름했지만, 펼치자 놀랍게도 기존에 받은 메뉴판보다 피자의 종류가 더 많았다. 심지어 가격도 더 저렴했다.

*

그해 가을, 장을 보러 대형마트에 갔다가 배가 고파 근처 식당에 간 적 있다. 음식을 주문한 뒤 기다리는 동안, 재미있는 것을 하나 발견했다. 사과 바구니였다.

꽤 먹음직스러운 사과들이 바구니 가득 담겨 있었다. 왜 저기에 바구니가 있나 싶었는데, 식당을 오가는 사람들이 아무렇지도 않게 사과를 집어 가거나 그 자리에서 먹는 것을 보고 놀랐다. 직원에게 물어보니 사과는 무료라고 했다. 며칠 뒤, 비슷한 바구니를 학교에서도 발견했다. 교수들이 일하는 연구실이 많은 층의 복도에 사과 바구니가 있었다. 복도 의자에 앉아 교수를 기다리는 학생들이 바구니에서 사과를 자연스럽게 꺼내 먹는 모습을 보았다.

공짜 사과는 흔한 것이었다. 적어도 슬로베니아에서는.

*

슬로베니아 학생들은 적어도 밥걱정은 하지 않아도 된다.

대한민국보다 상대적으로 재정적 여력이 없는 정부지만, 대학생들이 끼니 걱정을 하지 않게 돕고 있다. 정부는 교환학생을 포함한 모든 학생에게 하루에 두 끼를 먹을 수 있는 쿠폰을 발행한다. 교내에서는 물론, 학교 밖에서도 이 쿠폰을 쓸 수 있다. 저렴한 음식들은 추가 비용을 지불하지 않고 먹을 수 있고, 추가 비용을 지불한다고 해도 부담스럽지 않은 수준이다. 그리고 학생들을 위한 메뉴는 세 코스, 즉 에피타이저, 메인, 디저트가 기본이다. 아시아 식당에서 젊은 학생들이 값비싼 디저트를 먹을 수 있었던 이유다.

어떤 식당에는 학생 메뉴가 따로 있다. 아예 학생 메뉴판과 일반 메뉴판을 별도로 구성하는 식당도 많다. 이곳에서 학생 메뉴가 더 풍성하고 저렴한 경우는 흔하다. 정부가 지원해주는 것이긴 하지만, 사회 전반적으로 젊은이들이 더 잘 먹어야 한다는 생각이 없으면 유지하기 힘든 제도 아닐까?

사과 걱정도 하지 않는다. 언젠가 한국에서 공부 중인 슬로베니아 학생에게 뭐가 가장 힘드냐고 물었더니 과일, 특히 사과가 너무 먹고 싶다고 했다. 그래서 시장이나 마트에서 맛있는 사과를 팔지 않냐고 물었더니, 그 학생이 작은 목소리로 이렇게 말했다.

— 선생님, 사과가 너무 비싸서요.

그렇지. 한국 사과는 너무 비싸지. 한국 대학 등록금이 더 비싼 것처럼.

슬로베니아 대학생들에게 사과가 너무 비싸서 사 먹지

못하는 경우란 없다. 비싸지도 않지만, 공짜로 주는 곳도 많기 때문이다. 그뿐인가? 대학 등록금 때문에 고민하지도 않는다. 배움에 의지와 열정만 있다면 적어도 석사과정까지는 무료니까.

나라마다 사정이 다르고 교육 철학이 다르니, 뭐가 좋고 나쁘다고 판단하긴 쉽지 않다. 하지만 젊은이들이 적어도 밥과 등록금 걱정 없이 공부할 수 있다는 사실이 마냥 부럽다. 그러고 보니, 내가 놀란 것은 음식 때문이 아니었다. 국가 그리고 사회가 젊은이들을 대하는 태도에 놀랐던 것이다.

아날로그인지 디지털인지 모를 추억들

어느 해인가 한국에 갔더니, 디지털이 한국을 지배하고 있었다. 또 어느 해인가는 '아날로그 감성'이 무엇인지 몰라 원시인 취급을 받았다. 추억을 모조리 저장하려다가 컴퓨터나 클라우드의 용량이 부족한 사람도 있고, 넘치는 추억을 보존하기 위해 디지털기기에 담긴 이미지 파일을 인화해서 보관하는 사람들도 있다.

*

초등학교 3학년 때였던 것 같다. (엄밀히 얘기하자면 국민학교 때였지만) 당시 일주일에 두세 번씩 컴퓨터를 배우러 다녔다. 그전에는 주산 학원만 다녔는데, 미래를 준비해야 할 것 같다는 거창한 이유로 컴퓨터 학원에 간 것은 아니었다. 그냥 다니던 학원에서 주산도 배우고 컴퓨터도 배우게 된 것이었다.

나는 빨간 주산 학원 가방을 들고 학원에 가는 것을 좋아했다. 거기서 검은 화면에 알파벳이나 숫자 등을 입력하며 진지한 표정을 짓곤 했다. 3D나 가상현실은 물론이고, 총천연색 컴퓨터그래픽도 상상할 수 없던 시절이었다.

하지만 거기엔 총천연색 친구들이 있었다. 주산 학원 가방을 들고 다니면서 컴퓨터를 배운다고 함께 으스대던 친구, 주판을 롤러스케이트처럼 타고 다니던 녀석, 컴퓨터 자판을 타악기처럼 연주하는 아이, 아직은 컴퓨터보다 암산으로 계산하는 것이 빠르다고 잘난 척하던 꼬맹이……. 그 친구들의 얼굴이 아직도 생생하다. 녀석들과 학원을 오가며 사 먹었던 불량식품들, 키보드에서 알파벳을 찾지 못해 서로 도와주던 일들까지. 크고 작은 기억들이 아직도 생생하다. 이런 기억들을 뭐라 부를 수 있을까? 당연히 이것도 추억일 텐데, 아날로그라고 해야 하나? 아니면 디지털적인 이야기인가?

대학교 1학년, 여전히 지난 세기. 집에 커다란 컴퓨터가 한 대 있었다. 그때는 개인용컴퓨터를 꿈도 꾸지 못했던 시절이었고, 노트북이라고 하면 모두들 컴퓨터가 아닌 공책을 떠올렸던 시절이었다.

우리 집에 있던 모니터와 본체도 슈퍼컴퓨터 수준으로 어마어마하게 컸다. 그래도 당시로서는 너무 작아서 가히 혁명적으로 느껴졌던, 3.5인치 플로피디스크를 넣어서 게임을 실행시킬 수 있는 초고가의 최신형 컴퓨터였다. 나는 밤마다 동생과 함께 그 거대한 컴퓨터에 나란히 앉아 게임을 했다. 나는 주로 키보드 오른편에 앉았고, 동생은 왼편에 앉아 2인용 게임을 했다. 그러니까 키보드 한 대를 공유했던 것이다.

주로 '킹콩'이라는 게임을 했는데, 별 스토리도 없이 건물 외벽에 붙어 창문들을 부수며 옥상까지 기어 올라가는 것이 유일한 미션이었다. 그렇게 밤이면 밤마다 두 마리 킹콩이 창문들을 부수고 또 부쉈다. 커다랗고 두꺼운 흑백 모니터 앞에 다소곳이 앉아서. 평소에는 서로 잡아먹지 못해서 안달이었던 우리 형제는 그때만은 최고의 우애를 과시했다. 형제애로 똘똘 뭉쳐 창문들을 왕창 부수고 나서,

건물 옥상에 도착하면 기분이 좋아져 하이파이브를 찰지게 하곤 했다.

검은 화면 앞에서의 그 하이파이브를 아직도 생생하게 기억한다. 손바닥의 촉감과 청명했던 '짝' 소리도 정말 어제 일처럼 생생하게 기억하고 있다. 동생이 세상을 먼저 떠난 지 거의 20년이 지났는데도 말이다. 그러고 보니 동생과 '킹콩'이라는 게임을 한 지는 거의 30년이 다 되었다. 아련하다. 이런 아련한 추억을 무엇이라고 부를 수 있을까? 이건 아날로그적인 이야기인가? 아니면 디지털이라고 해야 하나?

대학원 시절, 드디어 이번 세기의 이야기. 동네의 작은 학원에서 아르바이트로 중학생들을 가르친 적이 있다. 국어, 영어, 수학을 주로 가르치는 보습학원이었지만, 초등학생, 중학생을 위한 학급과 함께 주부를 위한 컴퓨터 교실도 있었다. 인터넷 붐이 대단했던 시기이자 중년, 장년층도 인터넷을 알아야 한다는 사회적 요구가 강하던 때였다. 정부에서는 인터넷 교육에 열을 올리고 있었다. 쉬는 시간마다 주부 학생들은 학구열이 넘쳐나 그날그날 배운 것에 대해 떠들곤 했다. 돌이켜 보면 지금의 내 나이즈음이거나 혹은 연배가 조금 더 높았을 40~50대 주부들은 항상 진지했고 질문도 많았다. 나는 복도에서 그들을 자주 마주쳤다.

어느 날, 주부 학생들이 그날 배운 것 중 가장 어려웠던 부분에 대해 아주 진지하게 이야기를 나누고 있었다. 한 사람이 '그거' 정말 어렵지 않았냐고 말을 꺼내자, 모두들 '그거' 정말 어려웠다고 공감했다. 호기심이 든 나는 학구열 넘치는 중년 학생들의 이야기에 계속 귀를 기울였다. '그거'가 무엇인지 너무 알고 싶었기 때문이다. 당시 컴퓨터에 익숙하지 못했던 그들에게 가장 어려웠던 '그거'는 다름 아닌 '더블클릭'이었다.

학구열이 충만했던 학생들은 장난기 하나 없이, 진지한 눈빛을 하고 있었다. 정확히 기억난다. 초롱초롱 반짝였던 그 눈동자들. 그 진지한 눈빛은 실낱같은 웃음도 허용하지 않았다. 나 역시 웃음기 없이 그들을 지나쳤다. 그날 그 학구파 학생들에게 '더블클릭'은 아날로그라 할 수 있을까? 디지털이라 할 수 있을까?

아내와 결혼하기 전에는 이런 일이 있었다. 우리는 대부분의 결혼 전 커플이 그렇듯 평범하고도 나름 귀여운 연애를 했는데, 가령 헤어지기 싫어 막차가 끊길 때까지 여자 친구의 집 앞 골목골목을 걷는다든가, 분식집에 가서 라면을 하나만 시켜 아주 천천히 먹는다든가 하는 것들이다.

그날도 우리는 골목을 천천히 걸었다. 막차가 영원히 오지 않길 바라면서. 걸을 수 있는 거의 모든 골목을 누비다, 헤어지기 직전에 나는 몹시 수줍은 척 이렇게 말했다.

— 오늘 내가 가장 하고 싶은 말을 자기 핸드폰에 보냈어.

당시 여자 친구였던 지금의 아내는 모른 척했던 건지, 정말 몰랐던 건지 주머니에서 핸드폰을 꺼내 보고 환하게 웃었다. 물론, 거기에는 이모지나 이모티콘 하나 없는 담백한 사랑 고백이 담겨 있었다.

나중에 아내는 물었다. 계속 같이 있었는데, 심지어 손까지 꼭 잡고 있었는데, 문자메시지를 보낼 시간이 없었을 텐데, 어느 틈에 이런 감동적인 메시지를 보냈냐고. 그때는 그냥 마음이 문자로 전해진 거라고 박박 우겼지만, 사실 문자 예약 발송을 했던 것이다. 당시로선 정말 참신했던 최신 테크놀로지였다. 이런 건 디지털 시대의 사랑인가? 아니면 아날로그 연애인가?

*

사람들은 말한다. 세상 모든 것이 디지털화되고 있다고. 이제 '디지털'이라는 말도 구시대적으로 들린다. 이 변화를 편하다고 하는 이도, 무섭다는 이도 있다. 또 사람들은 말한다. 아날로그의 반격이 시작되고 있다고. 그래서 반갑기도 하고, 또 이상하기도 하다고.

하지만 곰곰이 생각해보면 그 안에서 변하지 않는 것이 있다. '사람'이다.

무언가가 우리의 마음에 소중히 남아 있는 것은 그것이 디지털이기 때문도, 아날로그이기 때문도 아니다. 그냥 그 추억이 아름답기 때문이다. 디지털 시대가 되어서 세상이 각박해졌다느니, 아날로그 시대가 더 인간적이었다느니 하는 말을 믿지 않는다. 그저 우습기까지 하다. 한 시대를, 어떤 세상을 아름답게 만드는 것은 기술이 아닌 사람인 걸 알고 있기 때문이다. 결국 추억의 알맹이에는 나, 너, 우리와 같은 '사람'이 담겨 있다. 그 이외에 더 중요한 것은 없다.

철학이나 막창이나

한국에 가면 그리웠던 친구들과 그리웠던 막창을 자주 먹는다. 공유하고 있는 추억담을 풀어놓으면서 보고 싶던 사람들과 맛있는 음식을 먹는 것만큼 행복한 힐링은 없다.

*

우리는 강남역 근처를 한참 걷다가, 막창집에 들어갔다. 나는 사뭇 진지한 표정으로 노릇노릇한 막창을 하나 집어 든 친구에게 물었다.

— 칼 야스퍼스 기억나지?

늘 그렇듯, 친구와 나는 고등학교 추억담을 나누며 막창을 안주로 한잔하고 있었다. 몇 명이 더 오기로 했고, 그들은 오는 중이라고 했다. 내 질문을 들은 친구는 대수롭지 않다는 표정을 지으며 고개를 끄덕였다. 그리고 막창을 이리저리 살피더니 이제 먹어도 될 것 같다는 표정을 지으며 소주잔을 들었다. 나는 다소 혼란스러웠다. 친구가 고개를 끄덕인 것은 분명한데, 야스퍼스를 기억한다는 뜻일까, 막창이 잘 익었으니 먹자는 뜻일까. 확신이 서지 않았다. 그 순간 친구가 대답했다.

— 칼 야스퍼스뿐이겠냐? 마르틴 하이데거도 기억하지? 심지어 키르케고르까지 기억난다, 기억나!

친구는 키르케고르를 외치며 소주 한 잔을 쭉 넘겼다. 키르케고르를 외치며 마시는 술은 그로테스크한 맛이었을까. 나도 따라 잔을 비운 뒤, 친구의 빈 잔에 소주를 채웠다. 친구가 내 잔에 술을 채우면서 말했다.

— 네가 그 사람들 이름 못 외운다고 나를 얼마나 구박

했냐? 고등학교 2학년 땐가 국민윤리 중간고사 공부한다고 너희 집에 갔을 때 외웠던 이름들 아니야? 네 덕에 내가 처음으로 국민윤리에서 점수다운 점수를 받았지.

벌써 지난 세기의 일이었다. 고등학교 교과과정에 '철학'이라는 과목이 존재하지 않는 대한민국에서 우리는 '국민윤리'라는 이상한 과목명 아래 철학의 첫맛을 봤었다.

그 시절 맛본 서양철학의 맛은 정말 별로였다. 너무 바싹 익어 딱딱해진 돼지비계만도 못했다. 실존주의는 '근대의 이성 중심 사고를 비판, 개인의 구체적 삶을 중시, 진리의 주관성을 강조'라는 세 문장으로 끝났고, 키르케고르는 실존주의 선구자로만, 야스퍼스는 필연적인 상황을 언급하고, 이를 인식하고 직시하면 참된 실존 이해가 가능하다고 주장한 학자로만, 하이데거는 현존과 죽음에 대해 언급한 철학자로만 기억하면 족했다.

나는 그냥 달달 외우기만 하면 되는 과목에서 점수를 따지 못했던 친구를 많이 놀렸다. 그리고 이런저런 기회가 될 때마다 그때처럼 철학자들 이름을 거론하며 추억을 소환했다. 그 시절 실존주의에 대해 주절주절 늘어놓았다.

그러자 친구는 막창을 씹으며 투덜거렸다.

— 지금 우리 앞에 고기와 술이 이렇게 있는데, 무슨 철학 이야기를 하고 있냐? 우리 인간은 철학이나 고민하는 존재가 아니라고not merely the thinking subject! 이렇게 마시고, 맛도 느끼고, 함께 살아가는 존재라고! 지금의 나로 충실하게 살아야 진짜 인간이지. 이런 게 실존 아니냐고? 술이나 마셔.

고등학교 시절 실존주의 철학자의 이름도 제대로 외우지 못해서 국민윤리 낙제를 받았던 친구는 술을 권하는 척하면서 아주 자연스럽게 실존주의에 관해 떠들고 있었다. 친구는 다시 막창을 하나 집어 들고 말을 이었다. 흔들기까지 하면서.

— 이거 봐라. 여기 막창이 있지. 이 막창에는 어떤 목적이 있을 거야. 누군가에게 '맛있게' 먹히는 것, 그게 바로 막창의 목적이자 본질이겠지. 그래서 이렇게 입에 넣기 좋게, 먹기 좋게 만들어졌잖아. 만약 먹기 불가능하다면 그

건 이미 막창이 아닌 거지. 그러니까 막창은 본질이 우선하는 거지. 목적과 상관없이 그냥 존재만 하는 '실존적인' 막창은 없잖아. 그게 막창의 보편성이야. 하지만 인간들은 그냥 존재하는 경우도 많잖아. 인간을 보편의 틀에 가둘 수 없다는 거야. 그 시절 보편적으로 고득점을 받았던 과목에서 내가 좀 못했다고 뭐라고 하지 말라고. 인간은 하나하나 다 다르니깐. 그러니까 술이나 마시자고!

친구의 말에 잔을 들었다. 나는 크게 웃었다. 흔들리는 막창이 웃겼던 것인지, 사뭇 진지하게 막창과 실존에 대해 떠드는 친구의 말이 웃겼던 것인지는 모르겠다. 어쩌면 그런 것들이 본질이 아닐지도 모르고. 우리는 더 이상 그 시절 실존철학에 대해 논하지 않았다. 대신 주관에 아주 솔직해진 상태로 그 자리를 마음껏 즐겼다.

*

그 이상 철학을 논하진 않았지만 우리는 알았다. 아직도 그놈의 '실존철학'이 뭔지 제대로 모르지만, 철학자들 이름만 달달 외웠던 학창 시절을 지나 시간이 준 경험과 삶이 건넨 고민으로 우리들의 '개똥철학'이 좀 더 깊어졌다는 사실을. 또 철학을 점수로 평가하지 않았던 때부터 아무도 시키지 않아도 철학책들을 읽기 시작하며 철학에 깊이뿐만 아니라 재미도 있다는 사실을 알았다. 무엇보다도 (물론 개인적인 차이는 있겠지만) 철학도, 막창도, 그리고 삶을 이루는 대부분의 것들이 거듭 씹을 때 비로소 제맛을 보여준다는 사실을 알게 되었다.

늦게 온 친구들과 소주 몇 잔을 더 마시고 자리를 옮겼다. 강남역 근처에는 여전히 사람이 많았고, 때마침 눈발도 날리기 시작했다.

길 위에서 섹스 생각

그렇다. 조금 이상하게 들리겠지만, 플랫폼에 서면 가끔 섹스가 생각난다. 특히, A국행 기차를 기다리는 플랫폼에 설 때면 더 그런 것도 같다.

언젠가, 내가 사는 S국 L시 기차역 플랫폼에서 홀로 A국 W시로 가는 기차를 기다리면서 시작된 것일지도 모르겠다. 그 플랫폼에서 읽었던 섬뜩하지만 강렬한 문장을 생생하게 기억하고 있다.

자신의 삶이 추악할수록, 사람은 그 삶에 매달린다.

그때 삶은 모든 순간에 대한 항의며 복수다.

오노레 드 발자크의 말이라고 했다.

오스트리아 빈 U1 노선의 카이저뮐렌Kaisermühlen VIC역의 평일 퇴근 시간. 기차도, 사람도 없는 모습이 인상적이다.

짧은 순간 내 삶을 돌아볼 수 있는 그런 문장, 앞으로의 삶에 대해 생각하게 하는 문장, 무엇보다도 책장을 넘겨 다음 문장을 읽게 만드는 문장이다.

'우리 시대 최고의 논쟁적 작가'라는 진부한 수식어가 딱 어울리는 프랑스 작가 미셸 우엘벡이 쓴 소설 《플랫폼 Plateforme》의 머리글로도 소개된 글이다. 음흉한 흥미가 생긴다. 아가들의 천진한 호기심이 아닌, 어른들의 음침한 호기심 말이다. 한 장을 넘기면 뭔가 본격적으로 흥미진진해질 것 같은데, 어서 기차에 올라타 본격적으로 읽어야겠다고 생각하고 있을 때였다. 역무원이 내게 어디 가냐고 물었고, A국으로 간다고 하니 이 플랫폼이 아니라 저 플랫폼이라고 했다. 읽으려던 《플랫폼》을 덮고, 저 플랫폼으로 뛰어야 했다. 간발의 차이로 제대로 된 플랫폼에 도착해 기차를 탔다.

주인공이 아버지의 관 앞에서 언짢은 생각들을 하는 장면으로 시작하는 미셸 우엘벡의 소설은 서른 살 무렵에 머리카락이 빠지기 시작해서, 머리를 아주 짧게 깎은 작가와 이름이 같은 주인공 미셸이 아버지가 죽자 열대 휴양지인 태국으로 관광을 떠나고, 그곳에서 알게 된 발레리와 파리에서 다시 만나 사랑에 빠져 벌어지는 이야기다.

세상과 인간관계에 일말의 기대도 없이 살았던, 어른이 되길 쿨하게 포기한 중년 남자의 이야기. 하지만 대머리이든 더벅머리이든 사랑에 빠지는 일은 흔하면서도 특별한 일이고, 더군다나 나와 비슷한 연배의 중년에게 닥친 일이라서 더 관심이 갔다. 나 역시 꼭 어른이 될 필요가 있는지 의문을 품고 있는 작가이기도 하고.

그렇다. 결국 우리의 관심사는 사랑이다. 우리의 관심사는 한결같이, 그 어떤 것도 아닌 바로 사랑이다.

정확히 오전 7시 27분, 기차가 움직이기 시작했다. 6명이 앉을 수 있는 기차 객실에 홀로 앉아 문을 닫고 L시의 플랫폼과 멀어지며, 미셸이 쓴 미셸의 이야기를 본격적으로 읽기 시작했다. 떠난 플랫폼과 만날 플랫폼 사이에서 읽는 소설《플랫폼》에 특별한 의미를 부여하고 싶지만, 돌아보면 세상 모든 일이 출발과 도착 그 사이에서 일어난다. 독서는 어디서든 독서다. 플랫폼 위에서도, 기차 안에서도. 플랫폼을 떠난 기차는 익숙한 철길을 타고 북으로 향했고, 난 익숙한 독서를 시작했다.

주인공 미셸이 페니스에서 치즈 냄새가 난다고 말하는 구절을 읽으면서 소설이 제대로 심상치 않음을 깨달았다. 너무나도 자연스럽게 나의 바지춤을 보며 킁킁거렸다. 다행스럽게도 주변에 아무도 없었고, 다행스럽게도 치즈 냄새는 나지 않았다. 창밖에는 페니스의 치즈 냄새와는 너무 어울리지 않는 풀 냄새, 나무 냄새, 하늘 냄새, 바람 냄새가 그득할 것 같은 자연이 펼쳐져 있었다. 초록이었다. 나무그늘마저 푸르게 만드는 진짜 초록이었다.

생각해보니 풀 냄새도, 치즈 냄새도 모두 자연에서 온 것이었다. 사실 한 남자의 성기에서 나는 냄새조차도 거기에서 온 것이다. 그렇게 생각하고 나니 소설이 한결 더 읽기 수월해졌다. 기차가 플랫폼이 아닌 곳에서 출발할 수 없듯, 존재하는 모든 것은 자연이 아닌 곳에서 시작할 수 없다. 냄새는 그저 냄새다. 치즈 냄새나 나무 냄새나.

소설 속 미셸은 비행기를 타고 태국으로 가고 있었고, 나는 미셸의 태국행을 추적하며 기차를 타고 A국으로 향

아마도 세계에서 가장 사랑스러운 신호등일 듯한 빈 시내의 보행자 신호등. 신호등을 보느라 천천히 걷게 된다는 단점이 있다.

하고 있었다.

“여행은 감각의 추구와도 같아서, 그것이 만들어내는 유희적인 사교성 및 그것으로부터 생겨나는 이미지들과 더불어, 외부 세계와 이타성을 점진적으로, 그리고 고통 없이 파악하는 코드화된 장치”라는 라시드 아미루의 말을 이해하려고 노력하면서, 열아홉 살의 7번 태국 여인이 주인공을 바로 누인 뒤 발로 페니스를 애무하기 시작하는 장면을 읽었다. 미셸의 섹스 관광을 엿보며 나는 침을 꼴깍 삼키고 있었다.

‘섹스’라는 단어보다 ‘관광’이라는 단어가 나를 괴롭혔다. 열아홉이라는 숫자와 7번이라는 또 다른 숫자가, 그 어린 나이에 이름 대신 숫자로 명명되며 섹스를 팔고 있는 장면이 몹시 불편했지만, 난 분명히 조심스럽게 침을 삼키며 다음 장을 넘기고 있었다. 발로 페니스를 애무하는 것에 집중하고 있었던 것이다. 아, 이런 것을 이렇게 열린 공간에서 보고 있어도 되나 싶은 마음이 들었다. 꼴깍, 침 넘어가는 소리가 너무 커서 주변을 의식하지 않을 수 없었다. 분명히 아무도 없었음에도 불구하고 주변을 의식하고 있었다.

기차 안은 분명히 쾌적했지만, 뜨거운 공기가 실내에 꽉 찬 느낌을 지울 수 없었다. 마치 태국의 기후처럼 말이다. 다리에 힘이 풀리고 입안의 침이 말라 있었다. 어쩌면 섹스도, 아니 세상 모든 것이 라시드 아미루가 말한 여행처럼 코드화된 것일지도 모른다는 생각이 들었다. 내가 '우리'라는 이름의 '남'이 부여한 코드에 맞춰 움직이고, 또 생각하고 있을지도 모른다는 생각에 이르자 발로 페니스를 애무하는 장면도 자연스럽게 느껴졌다. 발이면, 또 손이면, 또 입이면, 또 성기면 어떠랴. 서로가 사랑해서 한다면야! 서로 원한다면야!

출발지인 S국 L시에서 목적지인 A국 W시에 도착하기 위해서는 국경도시인 A국 V시 역에서 기차를 갈아타야 했다. 고작 플랫폼을 옮겨, 타고 왔던 S국 기차에서 내려 A국 기차로 갈아타는 것이 전부였지만, 환승 시간이 짧아 긴장하지 않을 수 없었다. 주어진 시간은 6분. 플랫폼에 서 있을 새도 없이 A국 기차에 몸을 실었다. 그리고 플랫폼에서 벗어나자마자 다시 《플랫폼》을 펼쳤다.

갈아탄 기차에는 사람들이 제법 있었다. 객실이 나눠져

있지 않은 통행로를 중심으로 양쪽에 2인용 의자가 배치된 일반 기차였다. 옆 좌석은 비어 있었지만, 앞뒤로는 승객들이 있었다. 하지만 기차는 기차. 독서를 하는 데 기차의 세련된 환경은 큰 영향을 주지 않는다. 기차가 움직이며 만드는 규칙적인 소리와 승객들이 적당한 수준으로 만드는 하얀 소음이 독서를 도왔다.

기차는 V시를 출발해 W호수를 지나고 있었다. W호수는 A국 남부의 여름 휴양지로 유명한, 최대 너비가 2킬로미터에 가까운 큰 호수다. 아름다운 호수에서 휴양을 즐기는 사람들을 보면서, 휴양 관광에서 중요하다는 '4S'에 대해 생각했다. 바다Sea, 모래Sand, 태양Sun 그리고 섹스Sex. 소설 속에서 관광상품을 개발 중인 사람들이 '4S'에 대해 떠들고 있었기 때문이다. 그들은 마지막 'S'에 심혈을 기울이고 있었다. 신개념 섹스 관광상품 개발이 궁극적인 목표였다.

하지만 차창 밖으로 보이는 호수에서 휴양 관광을 즐기는 사람들은 '4S'와 거리가 먼 것 같았다. 특히, 신개념 섹스는 전혀 필요 없는 듯한 표정들이었다. 심지어 신개념 관광 자체가 무의미할 것 같았다. 그들은 오래전부터 누렸던 사전적인 휴양, '편안히 쉬면서 몸과 마음을 보양'하는 그 자체에 집중하고 있었다. 마치 전혀 다른 종류의 '4S'를 누리는 것처럼 보였다. 태양Sun 아래서 천천히Slowly 스스로Self 만족Satisfaction을 찾는 방식. 중요한 것은 S의 의미가 아니었다. S를 통해 내가 얻는 행복이지. 그것이 섹스면 어떻고, 스스로 얻은 만족이면 또 어떠랴! 내 몸과 마음이 보양된다면야!

호수와 나름의 4S를 즐기는 사람들을 지나친 후, 주인공 미셸이 태국에서 함께 여행했던 발레리를 파리에서 다시 만나 그녀의 조깅 바지와 팬티를 벗기고 음부에 얼굴을 들이대는 장면을 읽었다. 그리고 그들의 '애널 섹스'와 '쓰리썸'도 구경했다. 이 관능적이면서도 폭력적인 단어들 앞에서 나는 무엇을 떠올려야 할지 모르고 있었다. 현대의 유럽에 살고 있는 내가 실상은 구한말 꼰대인 것 같았다.

하지만 종국에는 소설 속 미셸이 파타야의 더위에 익숙해진 것처럼, 나 역시 소설가 미셸의 노골적인 성 묘사에 익숙해졌다. 심지어 SM 장면을 읽으면서도 주변을 전혀 의식하지 않았다. 섹스는 그냥 섹스인 것이다. 환승역이 마치 그냥 환승역인 것처럼. 누군가에게는 큰 의미가 있지만 어떤 이에게는 적당히 중요하고, 또 누군가에게는 아무런 의미도 없는 그런 것.

작품 속에서 본능에 충실하다는 의미의 '인간적임'과 기차 밖의 인간이 잘 가꾸고 지킨 '자연스러움'을 함께 느낄 수 있었다. 둘이 뭔가 본질적으로 어울린다는 생각마저 들었다. 인간의 본능은 자연에서 출발했을 테니. 어쩌면 소설 속 남국의 끈적끈적한 섹스와 차창 밖 푸른 쾌적함이 함께 어우러지면 더 좋겠다는 마음이 있었는지도 모르겠다. 갖가지 상상을 더해 갖가지 섹스를 감상한 후, 폭발적인 소설의 결말과 함께 W시에 도착했다.

W시 기차역 플랫폼에 잠시 서서 소설 《플랫폼》의 섹스들에 대해 생각했다. 때마침 소설 속에 등장했던 피어싱을 한 오스트리아의 레즈비언들이 지나갔다면 더할 나위 없이 좋았겠지만, 그런 우연은 없었다.

삶은 원할 때 드라마틱해지지 않는 법.

대신 역무원들만 무심하게 내 앞을 지나갔다. 그들의 일상 앞에서 안도했다. 도착이라는 안도와 내가 살지 않는 곳이 주는 약간의 설렘, 그리고 적당한 피로가 날 지탱하고 있었다. 레즈비언이어도 좋고, 역무원이어도 좋다. 다들 그들의 역할을 하고 있는 사람들일 테니.

*

조금 이상하게 들리겠지만, 요즘도 플랫폼에 서서 섹스를 생각한다. 뭔가 복잡한, 혹은 수식이 필요한 섹스 말고 그냥 담백한 섹스를 생각한다. 기차가 기찻길을 달리듯 자연스러운, 깊고 넓은 호수처럼 편안한, 그 시절 유럽의 자연처럼 향긋한, 목적지를 위한 환승처럼 당연한 그런 섹스 말이다. 물론, 도착할 곳의 날씨나 가는 길에 볼 아름다운 배경들, 그곳에서 할 행복한 일들, 돌아오는 길에 느낄 그리움도 함께 생각한다.

그렇다. 이제 이상하게 생각하지 않았으면 좋겠다. 플랫폼에 서서 섹스를 생각할 수도 있다. A국행 기차를 기다리는 플랫폼에 설 때만 더 그런 건 아닐 것이다. 누구나 플랫폼에 서서 섹스를 생각할 수 있다. 세상 모든 것을 생각하듯. 물론 플랫폼이라서 특별히 더 그런 것은 아니다. 물론 섹스에 더한 의미가 있는 것은 더더욱 아니고.

자신의 삶이 행복할수록, 사람은 그 삶을 즐긴다.

그때 삶은 모든 순간이 소중하고, 또 하찮기도 하다.

스탠드업 코미디언이 되어 월드 투어를 할 수 있다면

언젠가 소설 서문에 이런 글을 쓴 적이 있다.

독자들의 몸 혹은 마음을 '아주아주아주' 조금이나마 움직이면 좋겠다는 생각으로 소설을 쓰고 있습니다. 제가 움직일 수 있는 사람이 단 한 명뿐이라도 좋습니다. 그것이 '아주아주아주' 작은 눈물 한 방울이라도 상관없습니다. '아주아주아주' 작고 더러운 코딱지 한 개라도 괜찮습니다.

순도 100퍼센트의 진심이었다. 아직까지도 진심이다. 누군가의 몸 혹은 마음을 조금이나마 움직일 수 있다면 얼마나 좋을까? 작가가 되기 전부터 했던 생각이다. 물론 긍정적인 방향으로, 긍정적인 의미로. 그리고 그 움직임을 두 눈으로 직접 볼 수 있다면, 그 놀라운 움직임이 내 눈앞에서 펼쳐진다면 더할 나위 없겠다는 생각도 자주 했다.

'아주아주아주' 조금이라도 좋으니, 내가 만든 이야기를 읽거나 듣고 웃거나 우는 사람들을 눈앞에서 보고 싶다. 자발적으로, 능동적으로, 적극적으로 내 앞에 서서 웃을 준비를 한, 혹은 울 준비를 한 사람들을 만나고 싶다. 그들의 입꼬리를 들썩이게 하고 싶다. 입꼬리가 위로 움직여도 좋고, 아래로 움직여도 상관없다. 내 작품을 읽고 즐거움 혹은 슬픔이라는 감정을 표현할 사람들이 진짜 존재한다는 것을 두 눈으로 확인할 수 있다면 얼마나 좋을까?

✶

이번 학기에는 일주일에 꼬박 두 번 무대에 선다. 그렇다. 무대에 선다는 생각으로 강단에 선다. 강단이라는 무대에 서면, '아주아주아주' 작은 반응만을 감지할 수 있다. 물론 내 앞에는 독자들이 아닌, 학생들이 앉아 있지만. 거의 의무적으로 나의 (지루한) 이야기를 들어야 하는 사람들이긴 하지만. 심지어 그 말을 열심히 받아 적고 몽땅 다

기억해야 하는 사람들이기도 하지만. 그래서인지 때로는 하나도 웃기지 않음에도 웃어주는 사람들이 있다. 감사하게도. 나로부터 무언가를 받아야 하는 사람들, 혹은 무언가를 간절히 배우려는 사람들, 얻어가고 싶은 것이 많은 사람들, 그래서 솔직한 반응은 기대하기 어려운 사람들 앞에서 강의라는 공연을 하고 있는 셈이다.

그런데 가끔은 그런 사람들 말고, 그냥 내 앞에서 쉬려는 사람들을 앉혀두고 싶다. 지식이나 정보가 아닌, 웃음과 휴식을 나눠줄 수 있는 존재가 되고 싶은 것이다. 학점이 필요 없는 사람들. 그저 나의 이야기를 들으며, 온전히 재미로만 나를 평가하는 사람들. 그래서 무섭지만, 또 통하기도 쉬운 사람들.

몇 년 전, 세태 풍자소설을 쓴 적이 있다. 누군가는 그것을 정치소설이라고 부르기도 했다. 전직 대통령이 책 표지에 등장했다. 그 소설을 썼을 때 사람들은 걱정했다. 이런 소설을 발표해도 되겠냐고 했다. 용기 있는 작가라고 격려해준 분들도 있었다.

그런데, 사실 그 작품을 쓴 이유는 말할 용기가 없었기 때문이다. 세상 돌아가는 모습이 너무 온전치 못한데, 그 꼴이 너무 마음에 들지 않고 못마땅한데, 감히 말할 용기가 없었던 것이다. 더 솔직히 말하자면, 소설 표지로 들어간 사람이 정상이 아니라고 생각했는데, 그렇다고 해서 당당하게 말할 용기는 없었던 것이다. 떠들 용기가 없어서 글로 썼다고 말하면 이상하게 들릴지도 모르겠지만, 사실이다.

글은 상대의 얼굴을 보지 않고 뱉을 수 있으니 용기가 덜 필요하다. 글은 더 정제해서 감싸고 숨길 수 있으니 큰 용기가 필요하지 않다. 정말 심한 내용은 편집자가 걸러줄 테니, 사실 믿는 구석도 있는 셈이다. 더 용기 있는 사람이 되어 내 눈에 보이는 삐뚤어진 세상에 대해 더 당당히, 가감 없이 다 말하고 싶다. 하지만 절대 진지한 방식이 아닌, 위트와 유머를 잔뜩 담아 깔깔거리는 방식으로 세상을 바꾸고 싶다. 웃으면서 세상을 변화시키는 풍자 깃든 유머를 선보이고 싶다. 나도 웃고, 당신도 웃을 수 있는. 그것도 아주 큰 소리로 말이다.

*

그래서 다들 (비)웃겠지만, 나의 꿈은 무대에 서서 할 말은 반드시 말하는 '스탠드업 코미디언'이다. 웃으면서 뒤틀린 세상 이야기를 직접 사람들에게 들려줄 수 있는 직업으로 그 이상은 없다. 그런데 나의 꿈이 '스탠드업 코미디언'이라고 말하는 순간, 이미 사람들은 웃기 시작한다. 호호호 가볍게 웃는 사람도 있고, 낄낄낄 비웃는 사람들도 있다. 심지어 배꼽을 잡고 뒹구는 사람도 있다.

— 네가 무슨 코미디언이 된다고!

마치 내가 작가가 된다고 처음 말했을 때처럼 사람들은 웃는다. 그들의 웃음 속에는 여러 가지 의미가 있겠지만, 그 의미에는 관심이 전혀 없다. 마치 내 소설을 독자들이 마음껏 평가하는 것에 관심이 없는 것처럼 말이다. 그럼에도 그 다양한 웃음들을 보고, 또 듣고 나는 속으로 씨익 웃으며 한 번 더 생각한다. 가끔은 다짐도 한다.

— 거 봐, 내가 벌써 너희들을 웃겼잖니! 말 한마디로 이렇게 웃겼으니 이미 절반은 성공한 거 아니냐?

물론 아직은 준비가 되지 않았지만, 언젠가 무대에 서서 관객들을 웃길 날을 꿈꾼다. 세상을 비틀고, 웃음으로 세상을 들썩이게 할 그날을 감히 꿈꾼다. 무대에 서서 관객들의 웃음을 직접 확인할 날을 꿈꾼다. 미국의 유명한 스탠드업 코미디언이자 영화배우인 데인 쿡의 말처럼 쉬운 일은 결코 아니다.

— 네가 스탠드업 코미디를 할 때는 작가이자, 제작자이자, 연출자이자, 때로는 기도까지 되어야 한다When you are doing stand-up comedy, you are the writer, producer, director, sometimes bouncer.

스탠드업 코미디언이 되려면 다재다능해야 한다. 재미있는 이야기를 만들 줄 아는 작가, 무대 위에서 현실적으로 공연을 가능케 하는 제작자, 남다른 기획을 할 줄 아는 연출자, 때로는 클럽을 지키는 묵직한 기도까지도 되어야 할지 모른다. 아직은 능력이 턱없이 부족하다는 걸 안다. 하지만 능력 이전에 더 부족한 것은, 더 먼저 챙겨야 할 것은 '행동에 대한 확신'일지도 모른다. 역시 미국의 유명한 코디미언이자 영화배우인 주다 프리드랜더의 말처럼 웃기기만 한다고 코미디언이 되는 건 아닐 테니.

— 스탠드업 코미디를 하려거든 자신의 행동에 대한 확신을 가져야 한다. 그저 자신이 재미있는 사람이라는 확신만으로는 부족하다 If you are doing stand-up comedy, you have to be confident in what you are doing. That does not mean just because you are confident you are funny.

출발을 위해 가장 먼저 필요한 것은 확신이다. 그 확신과 실력이 준비될 그날을 위해 오늘로 홀로 '아재 개그'들을 떠올리며 무대를 상상한다. '꿈'이라는 공책을 펴서 웃길지도 모르는 이야기들을 적어둔다. 한 글자, 한 글자 눌러 적으면서 무대에 서게 될 그날을 '아주아주아주' 간절히 기다린다.

오늘도 무대에 설 그날을 기다리고 있다. 그날이 오면

이 글을 읽은 분들을 초대할 생각이다. 스탠드업 코미디언 '강병융 월드 투어'의 첫 번째 페이지를 당신들과 함께 채우고 싶다.

더 이상 걷지 않을 동물원

동물원 산책을 좋아했던 적이 있다. 이런 생각을 하기도 했다.

서울에 이런 동물원이 하나 생기면 어떨까? 이름은 '도심 농물원'. 도심에 동물원을 떡하니 만드는 거다. 예를 들면 강남역 근처. 뭔가 센세이션한 느낌이 있지 않나? 역삼공원과 국기원 자리에 만들면 좋지 않을까 싶은데? 국립어린이청소년도서관과 동물원을 연계해 어린이 동물 애호가를 위한 프로그램도 만들면 근처 서초초등학교, 논현초등학교, 학동초등학교 학생들이 많이 놀러 오지 않을까? 학부모들도 좋아할 것 같고. 심지어 다른 지역의 학생들도 많이 올 것 같은데.

강남구청이 직접 나서서 홍보도 하지 않을까? 동물과

자연을 품은 강남구! 뭐, 이런 홍보 문구를 만드는 것도 괜찮을 것 같고. 지하철을 이용해서 오는 사람들은 강남역 12번 출구로 나오면 되고. 외국인들에게도 큰 화제가 될 것 같은데. 강남에 외국인들도 많으니, 이들에게 낮에는 자연을, 밤에는 유흥을 즐길 수 있게 해주는 것도 신박하지 않나? 강남에서 만나는 백두산 호랑이, 어때? 시대를 초월한 한국적인 멋이 느껴지는 것 같지 않나? 동물로 형상화해서 마스코트로 만들어도 괜찮을 것 같은데. 곰이나 호랑이를 크게 만들어서 강남역이나 역삼역 앞에 세워두면 사람들이 사진 찍으러 막 올 것도 같고. 코끼리나 기린 뒤로 빌딩 숲이 보이면 특별한 느낌이 들지 않을까? '도심 속 야생' 혹은 '도시 안의 자연' 혹은 '빌딩 숲과 동물'. 상당히 특별하게 느껴지지 않을까?

그런데, 러시아 모스크바에 진짜 이런 동물원이 있다. 무려 1,132종이 넘는 동물들이 살고 있고, 세계에서 열 번째로 큰, 1864년에 만들어져 유럽에서 가장 오래된 동물원 중 하나로 알려진 모스크바 동물원이다.

모스크바 동물원은 도심에 있다. 서울 지하철 2호선에

해당하는 모스크바 지하철 순환선 환승역에서 도보로 1분도 채 되지 않는 거리에 있고, 붉은 광장까지의 거리도 불과 3.5킬로미터밖에 되지 않는다. 구동물원 바로 옆에 신동물원까지 만들었는데, 지금은 두 구역을 연결하는 육교가 있어 구동물원으로 입장해서 신동물원까지 다 볼 수 있다. 육교 위에서는 원숭이들이 노는 모습도 볼 수 있다. 발밑으로 도심을 지나는 차들이 있어 도시의 차량 정체와 자연에서 온 원숭이를 함께 볼 수 있다. 심지어 스탈린 양식의 고층 빌딩을 배경으로 코끼리나 기린 사진도 찍을 수 있다.

고전적인 도시 속에서 동물의 세계를 맛볼 수 있는 곳. 무엇보다도 여름에는 어마어마한 소음과 공해와 더위와 인파 덩어리에 지쳐 쭉 뻗어 있는 유리창 속 북극곰들도 볼 수 있는 곳. '도심 속 야생' 혹은 '도시 안의 자연' 혹은 '빌딩 숲과 동물'. 현실은 씁쓸하다.

*

혹시 모스크바식 도심 동물원이 영 마음에 들지 않는다

면, 이런 동물원은 어떨까? 이른바 친환경적인 동물원이다. 우선 동물들이 살기 좋은 산 아래에 터가 있어야 한다. 물론, 물개쇼나 돌고래쇼 같은 것도 하면 안 된다. 동물들의 스트레스를 철저히 관리하는 것 역시 기본이다. 동물원 안의 길도 아스팔트나 시멘트가 아닌 그냥 흙으로 되어 있어야 한다. 방문객들이 걷는 것만으로도 자연을 느낄 수 있도록 만들면 좋겠다.

또 동물들이 인공적인 냄새를 맡지 않도록 해야 하고, 우리도 크게 만들어야 한다. 과할 정도로 넓게 만들어 동물들이 갇혀 있다는 느낌을 아예 받지 않도록 하면 더 좋을 것이다. 울타리도 인공적인 느낌이 덜 나도록 만들면 좋겠다. 동물원 안에 친환경 캠핑장 같은 것을 만들어, 자연스럽게 아이들이 동물들과 함께 지내고 잘 수 있게 하는 것도 하나의 아이디어다. 인간과 자연이 자연스럽게 하나가 되는 느낌이 들도록 조성하는 것이다. 인간이 자연을 지배한다기보다 공존하는 느낌을 주며 동물과 인간이 소통할 수 있는 공간. 괜찮지 않나?

이런 동물원은 슬로베니아 류블랴나에 이미 있다. 산 바로 아래에 자리 잡고 있으며, 공원 안 대부분의 인도가 시멘트나 아스팔트가 아닌 흙길로 되어 있는 동물원. 관람객 어린이들이 솜사탕이나 장난감보다는 동물에 집중할 수 있게 만들어진 동물원. 과한 상술이 없는 동물원. 오가는 길 자체가 삼림욕장 같을 정도로 공기가 맑은 곳에 위치한 동물원. 규모는 소박하지만 생각은 소박하지 않은 동물원이 분명히 존재한다.

류블랴나 동물원은 꽤 친환경적이다. 그래서 아이들이 더욱 좋아하고, 내 딸도 좋아했고, 나 역시 좋아했다. 동물의 종류도 100종 남짓으로 과하게 많지 않다. 동물원 안에는 음식점이 딱 하나, 카페도 딱 하나, 심지어 장난감 가게도 딱 하나뿐이다. 물론 소음과 공해와 더위와 인파를 싫어하는 북극곰은 아예 없다. 이 동물원에는 소음, 공해, 더위, 인파가 아예 없다. 동물원과 산의 경계가 애매하기까지 한, 도시에서 멀지 않아도 자연 속에 폭 빠져 있는 동물원. 내가 좋아'했던' 동물원.

이제는 더 이상 찾지 않을 류블랴나 동물원. 충분히 매력적임에도 불구하고, 이 세상 모든 동물원이 사라져버렸으면 좋겠다.

*

동물원 산책을 좋아했던 적이 있다. 지금은 아니지만.

이제, 모스크바 동물원도 류블랴나 동물원도 마음에 들지 않는다. 동물원이 도심에 있다고 동물이 인간과 공존하는 데 도움이 될 리 없기 때문이다. 도시와 동물이 상극이라는 사실은 설명할 필요도 없다. 제아무리 인간이 친환경적인 척하면서 동물원을 만든다고 해도 그것은 그냥 동물원일 뿐이다.

동물원이 싫다. 세상 모든 동물원이 싫다! 누가 동물들을 가둬도 된다고 했는지, 누가 인간이 동물들을 함부로 구경해도 된다고 허락했는지 모르는 까닭이다. 동물원을 걷지 않아도 걸을 곳이 많은 까닭이다.

코로나 시대 이전, 한국에 찾아가는 이동식 동물원까지 등장했다는 기사를 읽은 적이 있다. 그건 도대체 누가 허락한 것일까? 그냥 가두는 것에 그치지 않고, (그것도 잔인하기 이를 데 없는데) 옮겨다니면서 구경한다니. 아이들의 교육이 목적이라고 하는데, 그게 사실일까? 합당한 핑계일까? 아이들이 동물을 너무 좋아하는데, 가서 볼 수 없으니까 동물이 아이들에게 가는 것이라고 하는데, 정말 그게 교육적인 일인가? 코로나 시대가 되면서 동물원이 방치되어 다시 한번 동물들이 죽어간다는 기사도 본 적이 있다. 동물이 돈이 되면 거두고, 돈이 안 되면 버리는 존재인가?

1900년대 초 일제가 조선인, 대만인, 아이누인, 류큐인 등을 가둬 전시했을 때도, 인간을 구경거리로 만들었을 때도, 그 명목은 '교육'이었다고 한다. 관람객들이 좋아한다는 이유로 이 야만적인 '인간 전시'를 무려 두 번이나 했다고 한다. 교육, 관람보다 중요한 것은 한 삶, 생명이다. 그 삶이 진짜 교육이다. 인간의 삶이 야생에 부적합한 것처럼, 동물의 삶은 인간이 인위적으로 만든 동물원에 적합하지 않다. '야생'을 제대로 이해하지 못하면 '야만'이 되는 것이다. 그것은 교훈도, 상식도 아닌 자연의 섭리다.

세상에는 갖가지 동물원이 존재하고 저마다의 특징이 있겠지만, 나는 세상 모든 동물원들이 싹 사라졌으면 좋겠다. 그 어떤 동물도 인간을 인간이 살던 터전에서 몰아내지 않는 것처럼, 당연히 그 어떤 인간도 동물에게서 야생의 삶을 빼앗을 권리는 없다.

동물원 산책을 좋아했던 적이 있다. 사실 나는 그랬던 내가 부끄럽기까지 하다.

문학이 기적이 되길

작가 본인도 자신의 문학이 가게 될 길을 알지 못한다.

나 역시 그랬다. 나의 의도, 나의 계획과는 아무런 상관없이 소설 중 한 편이 포르투갈어로 번역되어 브라질에 소개되었다. 내 손을 떠난 소설은 브라질에서 증쇄까지 했으니, 확실히 예상보다 더 많은 독자를 만난 것이 분명하다. 덕분에 단순한 여행자가 아닌 작가의 자격으로 브라질에 방문할 기회가 있었다.

리우데자네이루로 떠나기 전, '나의 문학'에 대한 설명을 준비해달라는 요청을 받았다. 그리고 기회가 주어졌을 때, 브라질 독자들에게 이렇게 이야기하고 싶었다.

*

이곳에 오기 전 나의 문학이 가진 의미, 지향에 대한 질문을 받았습니다. 저는 단호하게 나의 문학이 '샤페코엔시Associação Chapecoense de Futebol'의 축구와 같아지길 바란다고 대답했었죠. 축구에 대해 잘 몰랐던 질문자는 제 말을 이해하지 못하겠다는 눈으로 저를 꽤 오래 바라보았던 것으로 기억합니다. 맞습니다. 여러분들과 같이 저는 2017년 3월 9일에 본 뉴스를 생생하게 기억하고 있습니다. 뉴스에서는 이렇게 보도했습니다.

— 비행기 추락 참사의 충격을 딛고 일어선 브라질 축구팀 샤페코엔시가 시즌 첫 해외 원정경기에서 승리했습니다. 샤페코엔시 선수단은 지난해 11월 해외 원정에 나섰다 전세기가 추락해 대거 목숨을 잃어 전 세계 축구 팬들을 슬픔에 빠뜨렸죠. 힘겹게 아픔을 딛고 일어선 샤페코엔시 선수단이 사고 이후 처음으로 비행기를 타고, 해외 원정에 나섰습니다. 남미의 챔피언스리그인 코파 리베르타도레스CONMEBOL Libertadores, 베네수엘라의 줄리아Zulia FC와

의 원정경기에서 승리의 감격을 맛봤습니다. 전반 33분, 골문 사각지대에서 기가 막힌 프리킥으로 선제골을 뽑은 뒤, 선수들은 한데 모여 하늘나라로 간 동료들에게 영광을 돌렸습니다. 그리고 후반 24분, 멋진 논스톱 중거리슛으로 승부를 가른 뒤에도 역시 하늘을 바라보며 눈시울을 붉혔습니다. 하늘에 있는 동료들에게도, 슬픔을 간직하고 있는 팬들에게도 감동의 선물이었습니다.

한국에서는 좀처럼 접할 수 없는 남미의 프로축구 소식을 텔레비전 뉴스를 통해 봤습니다. 축구 경기에 관한 소식을 보고 있었지만, 축구보다는 축구 너머의 무엇이 보였습니다.

후반 24분, 우측 터치라인 근처에서 낮게 깔아준 패스를 받아 페널티에어리어 밖에서 논스톱으로 슛을 때려 넣은 등번호 8번 선수의 이름은 지금까지 모릅니다. 하지만 8번 선수가 골을 넣은 후, 피치pitch에 무릎을 꿇고 양손으로 하늘을 가리키며 감격하는 모습이 아직도 잊히지 않습니다.

전반 33분, 직접 슛이 불가능한 사각지대 골라인에서 왼발로 감아 찬 프리킥이 골대 안으로 빨려 들어갔는데, 정말 기막힌 슛이었습니다. 하지만 역시 키커의 이름에는 관심이 가지 않았습니다. 대신 골을 넣은 후, 샤페코엔시 선수들이 모여 서로 어깨를 걸고 무릎을 꿇으며 먼저 세상을 떠난 동료 선수들에게 감사와 기쁨을 전하는 장면만 머릿속에 남아 있습니다.

2016년 11월 29일.

브라질의 한 축구팀이 전세기를 타고 해외 원정 경기를 떠났다고 합니다. 도착지는 콜롬비아의 메데인Medellin이라는 도시였습니다. 상대할 팀은 남미의 또 다른 강호 아틀레티코 나시오날Atletico Nacional이었다고 합니다. 두 팀은 대륙 최고의 팀을 뽑는 코파 수다메리카나CONMEBOL Sudamericana 결승전에서 만날 예정이었죠.

원정 길에 오른 이 팀은 1973년 창단 후, 대부분의 시즌을 2부 리그에서 전전하다가 2013년에 1부 리그인 세리에 A로 올라갑니다. 이후 2년 뒤인 2015년에 남미의 강팀들끼리 겨루는 코파 수다메리카나 리그에 진출했고, 이듬해 결승까지 진출한 것이죠. 그야말로 2016년 남미 축구계의 신성이자 전 세계 축구계의 이슈였죠. 이 팀은 승부차기와

브라질에 동행한 문인들의 눈치를 살피며, 가자고 했던 상파울루 축구 박물관. 나에겐 더없이 아름다웠던 그곳.

대역전승을 거듭하며 결승까지 올라갔습니다.

그러니 선수들의 비장함에 대해선 말할 필요가 없을 것입니다. 하지만 그 비장함은 오래지 않아 추락해버렸습니다. 비유적인 표현이 아닙니다. 정말 비장함이 산산조각 나버렸어요. 다시는 복원할 수 없을 정도로 완전히 부서져버렸죠. 그리고 슬픔만 남았어요.

선수들을 태우고 콜롬비아로 향하던 비행기가 추락한 것이었습니다. 이 사고로 무려 71명이 사망했습니다. 살아남은 선수는 오직 3명. 1958년 맨체스터 유나이티드 선수들을 하늘나라로 보낸 뮌헨 비행기 참사와 견줄 만한 최악의 비행기 사고였습니다. 이 사고가 바로 브라질 축구팀 '샤페코엔시'의 참사입니다.

하지만 새로운 역사는 최악의 순간에 시작되는 법이잖아요. 참사를 당한 구단을 돕기 위한 손길이 이어집니다. 결승전에 진출했던 아틀레티코 나시오날은 기권으로 샤페코엔시에게 우승을 양보했습니다. 크리스티아누 호날두는 슬픔에 빠진 유족들에게 거액을 기부했고, 호나우지뉴, 아이두르 구드욘센과 같은 전설들이 참사를 당한 팀을 위해 무상으로 뛰겠다고 나섰습니다. 경쟁 관계에 있었던, 리그의 다른 구단들은 선수들을 무상 임대하겠다고 발표하기도 했죠. 심지어 세 시즌 동안 강등을 면제해준다는 파격적인 조건까지 나왔습니다.

하지만 이 구단은 이러한 호의들을 정중히 거절했습니다. 정정당당함을 선택했던 것이죠. 비행기 사고로 사망한 회장을 이어 구단 경영을 해야 했던 부회장은 먼저 떠난 선수들 대신, 유스Youth 팀에서 뛰던 젊은 선수와 급하게 임대한 선수들, 새로 영입한 선수들로 새로운 리그 경기를 치렀습니다. 선수들은 하늘나라로 먼저 간 71개의 별을 유니폼에 달고 경기장을 누볐어요. 매 경기 골이 터질 때마다 그 영광을 별들과 함께 나눴습니다. 여러분에게는 익숙한 이야기지만, 한국에는 널리 알려지지 않은 이야기입니다.

2017년 3월, 한국 방송에 소개된 것과 같이, 거대한 역경을 이기고 다시 한번 원정경기를 치르기 위해 비행기를 탔습니다. 그리고 많은 이에게 특별한 선물을 선사했던 것이죠.

— 하늘에 있는 동료들에게도, 슬픔을 간직하고 있는 팬들에게도 감동의 선물!

그해 가을, 그들은 모두에게 감동의 선물을 선사하고, 해피엔딩으로 드라마를 마무리했습니다. 2017년 11월, 브라질 1부 리그 세리에A 35라운드 경기에서 다시 한번 기적과 같이 역전승을 거두며 1부 리그 잔류를 확정했습니다. 시즌 최종 결과는 15승 9무 14패, 승점 54점, 리그 8위. 샤페코엔시의 기적이 일어난 것입니다. 슬픔 위에 쌓아 올린 기적이었죠.

저는, 감히 나의 문학이 '샤페코엔시의 기적'과 같기를 바랍니다. 아니, 그러길 꿈꿉니다. 모두들 이제는 문학이 죽었다고 합니다. 브라질에서도, 한국에서도, 제가 사는 슬로베니아에서도. 하지만 저는 꿈꾸고 있습니다. 믿고 있습니다. 두려움을 극복하고 본연의 모습을 지켜낼 수 있는, 문학뿐만 아니라 문학 너머의 무언가를 보여줄 수 있는, 동정과 격려보다는 실력과 정정당당함으로 박수 받을 수 있는, 극단의 아픔과 슬픔도 이겨낼 수 있는, 기적을 기쁨으로 바꿀 수 있는, 무엇보다도 눈물로 이겨낸 고난과 어려움을 해피엔딩으로 마무리할 수 있는. 감히 그런 문학을 꿈꾸고 있습니다. 그런 문학의 힘을 믿고 있습니다. '나의 문학'이라는 것이 있다면, 이렇길 바랍니다.

그리고 그런 기적의 문학에 조금이나마 다가가기 위해 오늘도 읽고 쓰는 일을 멈추지 않으려 합니다. 샤페코엔시 선수들이 오늘도 아레나 콘다Arena Condá 경기장에서 멈추지 않고 뛰는 것처럼, 저 역시 어딘가에 앉아 쓰고, 읽고 있습니다.

누군가가 나의 문학이 나아갈 길에 대해 다시 묻는다면,

— 나의 문학이 샤페코엔시의 축구와 같아지길 바랍니다.

라고 대답할 것입니다. 저는 여전히 그러길 바라니까요. 상대가 제 말을 이해하지 못하겠다는 눈으로 나를 오래 바라보아도 상관없습니다. 기적을 꿈꾼다는 것은 원래 그런 것이니까요.

*

브라질에서 나의 문학에 대해 길게 말할 기회는 없었다. 하지만 다행인지 혹은 불행인지, 나의 문학에 관한 이야기

는 포르투갈어로 번역되어 활자로 남았고, 기적의 축구팀 샤페코엔시가 이를 구단 트위터에 소개하기도 했다.

그 후로 아무도 나의 문학에 관심이 없지만, 나는 여전히 문학이 기적이 되어야 한다고 믿는다. 사실, 그게 꼭 나의 문학일 이유는 없지만.

오스카 니마이어가 만든 브라질리아 대성당Catedral de Brasilia은 지구 아닌 다른 행성에 있어도 어색하지 않을 만큼 이국적, 아니 이성異星적이다.

문학이 사라진다고들 하니 더 쓰고 싶어진다 2

여러분, 단언컨대 문학은 사라지지 않을 겁니다. 하지만 문학이 진짜 지구에서 사라진다 하여도 우리가 문학을 계속 즐길 수 있다는 사실만은 잊지 마세요. 공룡도 6,550만 년 전에 멸종했음에도 여선히 우리 곁에 다양한 모습으로 남아 있잖아요. 저는 적어도 문학이, 공룡보다는 오래 살아남으리라 믿습니다.

문학도 우디네의 리베르타Liberta 광장처럼, 예기치 않은 곳에 당연한 듯 존재하며 오래오래 아름다움을 뽐내길 바란다. 또, 그러리라 확신한다.

나는 여전히
문학이 기적이 되어야 한다고 믿는다.

문학이 사라진다니 더 쓰고 싶다

1판 1쇄 발행 2022년 4월 25일

지 은 이 강병융
펴 낸 이 신혜경
펴 낸 곳 마음의숲

대 표 권대웅
주 간 박현종
편 집 채수회
디 자 인 박기연
마 케 팅 노근수

출판등록 2006년 8월 1일(제2006-000159호)
주 소 서울시 마포구 와우산로30길 36 마음의숲빌딩(창전동 6-32)
전 화 (02) 322-3164~5 **팩스** (02) 322-3166
이 메 일 maumsup@naver.com
인스타그램 @maumsup
용지 (주)타라유통 **인쇄 · 제본** (주)에이치이피

ISBN 979-11-6285-114-2 (03810)